目录

静静的吊钟岭

刘景明　著

四川民族出版社

图书在版编目(CIP)数据

静静的吊钟岭 / 刘景明著. -- 成都 : 四川民族出版社, 2018.12
(2023.7重印)

ISBN 978-7-5409-8110-5

Ⅰ. ①静… Ⅱ. ①刘… Ⅲ. ①散文集-中国-当代
Ⅳ. ①I267

中国版本图书馆 CIP 数据核字(2019)第 010199 号

静静的吊钟岭

JINGJING DE DIAOZHONGLING

刘景明 著

责任编辑 胡 榕
封面设计 成都力扬文化有限责任公司
责任印制 刘 敏
出版发行 四川民族出版社
地　　址 四川省成都市青羊区敬业路 108 号
邮政编码 610091
印　　刷 成都国图广告印务有限公司
成品尺寸 146mm×208mm
印　　张 6
字　　数 140 千字
版　　次 2018 年 12 月第 1 版
印　　次 2023 年 7 月第 3 次印刷
书　　号 ISBN 978-7-5409-8110-5
定　　价 39.00 元

生活的深处

以“古、红、绿”为主色调的赣南，是一座文学“富矿”，各个时期的名篇满纸透亮。

我的笔下无数次地出现过乡村的一些现象，可因自身的局限性，未突破诸方面的瓶颈，让我一度感到困惑与茫然。

我试图寻找一种新的方式诉说乡村的种种意象。

“问渠那得清如许？为有源头活水来。”我选择了名不见经传的吊钟岭（又叫庵高、枫树庵）为切入点，为什么呢？它是赣南信丰县东部的一个地标，具有特色意味和深厚底蕴，它规随漫游的时光焕发光芒。我视它为我的一个文学地理标志。

吊钟岭跟我爷爷有着千丝万缕的关系。爷爷生于会昌县一个乡村，为了追求理想，背井离乡辗转到吊钟岭。他在我出世的前十年过身，吊钟岭成了他最终的归宿地。我

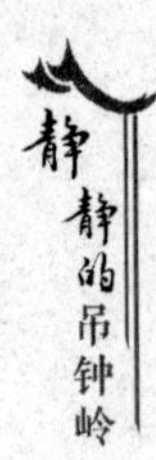

小时候翻看他的遗书，略知他的人生经历不平凡……（本书的《草纸上的遗书》中有相关记述）。记得我之前以此为由头写过一篇小文，时任《创作评谭》主编的江子先生审稿后，觉得我写得太单薄了，嘱我打磨出一部有份量的长东西，我从中深受启发。

六年前，我无意中找到了爷爷的几本记事簿，读完里面的内容，惊讶之余，拿着这本在时间磨损下依旧散发墨香的记事簿，请教爷爷的生前好友及其后人，并向伯伯、父亲问个究竟。我听了他们站在各自立场、不同角度的讲述，脑子里烙下了爷爷的许多闪光点。我想，爷爷的人生并非孤立的，他的命运是与当时的环境牵扯在一起的。

爷爷立足吊钟岭 20 多年的经历，七里八乡的村人大抵熟知。我起初以《诵经简史》为名倾注于笔端，可我很清醒与理智地认识到，我的真实意图根本不是一味地书写爷爷的那段“简史”，而是凸显文学意义上的“吊钟岭”。我借助于它叙述爷爷的人生经历，打捞一些几乎被湮没和忽视的往事，尽可能地还原其本相，同时交合一些本土文化元素，传递有益思想的信仰。我几番思量，反复推敲，就定下了《静静的吊钟岭》这个题名。这是我创作过程中的一次尝试。

大凡作者都明白创作“三七合十”的道理，我确定这个选题之后，首当其冲是过采访关，俗话说“高手藏在民间”，同样，好资源也藏在民间。早在 20 世纪 90 年代中期，我采访过了解爷爷往事的知情人，得到了一些有价值的信息，但基本上支离破碎，不成体系。后来我外出打工中断搜集线索，但并不甘心就此搁置。近年来我重起炉灶再度取材，可是时过境迁，想必一些知情人先后离世，我会遇到意想不到的困难，对此，我是抱有充分的心理准备，决定下一番苦功追寻到底。我先后奔赴信丰、会昌、于都、瑞金等乡村蹲点走访，本着尊重历史的原则，我从历史的缝隙处远眺近视，得到许多人士的支持和配合，使得作品“柳暗花明又一村”，我挖掘出的那些透视人性种种表现的故事，很多地方值得我深思并作出客观判断，这在本书的《信念之光》中可以管窥一二。

我把视线推移到吊钟岭以外，融入与之产生内在联系的物事，比如在《物事掇拾》中，我根据周边乡村、邻近屋场的多位老人及其后代回忆爷爷的往事，顺应他们保持生活形态的视角叙事，多方面印证了爷爷坚定的意志、行善的品德，与奶奶同风雨、共患难的真情，从中穿插轶闻传说、风物掌故、风土人情，以及民间习俗等。此外，在《原乡掠影》《散落的印象》中，我侧重于追忆历史底蕴深厚的民俗活动，撷取了信丰安西“老爷会”、万隆“谢冬节”等场面，重现其原有的特色韵味，使事象的表层自然地向深层起承转合。我关注了家谱姓氏的支脉分布，感受了方言俚语带来的亲切。我在行走途中，领略到赣南山光水色的气质和气势，比如信丰的香山、同年寨（信丰阁），赣县的大湖江、桃花岛，于都的“长征第一渡”……这些都囊括在《老家的称谓》《红土地组歌》篇章之中。

爷爷的会昌老乡郑永全是什么人物？我掌握得并不全，也没有查到有关史料记载。同样，搭救爷爷的铁匠郭生昌的真实身份我也无从查询。另外，爷爷离开家园隐居于吊钟岭的真正意图是什么？因缺乏史实结论，我不能随便臆断。凡此种种疑团，我姑且留出空白，恳请历史学者探讨考究。

这让我想起了信丰籍作家郭晨老师在其《郭晨自选集》自序中的一段话："一个有品位的人生，应该不在乎成功，自然也不在乎失败。他只珍惜生命的过程、体验与层次，只珍惜生命过程中遇到的一切人事和缘分，因为这些人事记录着他生命的过程和真谛，他们也是他生命的见证。"郭老师的"得失取舍，随其自然"观点，恰巧与爷爷后半生的处世之道不谋而合。

我"深扎"创作《静静的吊钟岭》，得到了"中国作协定点深入生活项目"的扶持，由"赣州市文艺精品创作工程"资助出版。记得赣南红色作家卜谷说过："生活的深处，就是心灵的深处，是一般情况下人们不易触及的地方。生活的深处，就是历史的深处，是历史背后的真实，是历史书没有抵达或不易抵达的地方。"是的，我们行走在生活的深处，文学"深挖井"永远在路上。

是为序。

刘景明

2018 年 8 月 11 日

静静的吊钟岭

吊钟岭作为信丰县安西镇的一个地标，隐逸在时光底部不动声色，定格于大山深处意味深长。我循着朝霞夕阳的容光，设法追寻它的内在本源。

一、庵上深处

吊钟岭是凝定的寂静。很长一段时间，我找寻种种理由触及它，或许缺少某些发现，总看不透它出众的履痕。我不愿刻意包装它，使它失却本真进入公众视野。一切随缘。然则，一场偶然抑或必然的相遇，我觉悟到了它某个年头发生的某些事，植立起一种信念和精神的丰赡意向，这无形之中让我为之动容并自觉追远。

有关吊钟岭的往事，奶奶讲过许多，我记得滚瓜烂熟。那年春上，一支队伍穿坑道口，过土埂上，行经枫林间、庵上边、社官前，日夜兼程，渡桃水河……

昨日已逝，青山依在。

吊钟岭作为信丰县安西镇的一个地标，隐逸在时光底部不动声色，定格于大山深处意味深长。我循着朝霞夕阳的容光，设法追寻它的内在本源。

那我就先从我最初的记忆开始触摸它吧。

据说，一个人十一二岁以前的记忆力最好，记住的东西往往永久不忘。我认同这个逻辑。譬如我左小腿内侧的“狗牙齿”伤痕，是我六岁时被一只哺乳母狗咬了一口留下的。印象中，那年夏天的一个午后，我去屋场一人家，瞧见左门边“青龙”洞口躺着一条夹着尾巴的母狗，三只狗崽偎依在它胸前，我抱起一只小狗崽逗乐，谁知还未来得及抱稳，母狗张开锋利的牙齿猛咬过来，我的腿部顿时皮开肉绽血流不止，我大声哭叫。至亲大伯揉团卷烟丝往我的伤口处一堵，又搓把喂猪的潲泥敷住烟丝。父亲带我去了大队卫生所，那时乡下根本没有什么狂犬疫苗和血清之类的药物，赤脚医生拿了一把钢镊子，夹着沾了酒精的棉团给我擦洗伤口，然后抓住我的手做皮试，过后父亲按住我的臀部，让医生注射了一支青霉素解决问题。

进入寒冬，家家户户几乎闭门不出，父亲在房间缝纫衣服，母亲在大厅纳鞋底，屋里烧了盆通红的木炭火取暖。穿条开裆毛裤的我坐在矮凳子上，趁母亲不留意，我整个人踩上火盆四方木架角上玩“过桥”，火盆往我重心这边倾斜，我顺势落进火盆里，火星四射的火屎炭黏着我的屁股烫烧。母亲一时惊慌，急忙端盆井水往我身上一泼，我屁股上红肿的水疱霎时脱下一大层皮，过后发炎、化脓。那种火辣辣的疼痛折磨了我整整一冬。奶奶花了最多时间陪护我。那段时日，奶奶每天都跟我讲吊钟岭的“前世今生”，我听得入迷，竟然暂时忘却了伤痛。

关于爷爷的生平，奶奶有时边干农活边自我呓语；有时望着天空、月亮、星星静静默念；有时坐在门槛上、靠在床板上阵阵唠叨；有时拍赶着蚊子、苍蝇发泄一通。总之，她反复地讲述，不断地叨念，年复一年，一直到她过世前还没完没了。

父亲呢，间或也趁着酒兴正浓时与母亲说吊钟岭，茶余饭后也少不了跟他人聊我祖辈在吊钟岭这样那样的经历。久而久之，“吊钟岭”像电流一样导入我的身体里，我打出的每一个喷嚏，冥冥之中都牵涉到它，刺激了我强烈的表达欲望，以及深思。

当初，我从字面上理解吊钟岭，觉得它应该跟吊钟花靠得近，后来我访问过许多人，吊钟岭长不长吊钟花？他们都摇头摆手。我仍不甘心，为此查阅过许多资料，吊钟花终究与它隔十万八千远。周边山岭亦然。不过，传说那里的天籁之音穿山起落，越岭回荡，倒是跟钟铃浑然天成，这也挨上了“倒挂金钟”之名的边儿，于是有了“倒钟岭”的初始之名。在它硗埆的脚下，树荫清源，莲花掩溪，某时出现了一座占地半亩的寺庙，叫金莲山，庙前吊一口喇叭形大铜钟，无形之中与“倒钟岭”产生了绝妙的呼应。对于押韵的“倒”和“吊”，分为上、中、下三堡的安西方言，说“吊”比

“倒”顺口，自然“倒钟岭”就转化成“吊钟岭”。对于金莲山，安西人不叫它金莲山，上堡人叫它“庵上”，中、下堡人叫它“庵高”。如此，庵的释义排除了“尼姑的住所”，毫无疑义是指“小庙宇”，“上”和“高”在安西土话中所表达的意思是一样的。

安西存在不同的方言，家谱有记，志书有载，这并没什么大惊小怪。公元7世纪中叶唐玄宗时期，有武装叛乱入侵信丰，朝廷派一官员率领一支军队征剿，在安西中堡与龙州、隘高一带安营扎寨长驻，官兵就地娶妻成家，耕田种地，成为屯军。明清时期，中原先民南迁也散落安西。民国时期，周边逃难的、躲壮丁的乡民亦进入此地……故，历代安西人繁衍生息，东南西北混交腔的赣方言和客家方言自然就应运而生了。

安西宋元以前叫安乐，明朝宣德年间改为安息。据《信丰地名志》载，安西原为安息，有一朝廷命官追寇至此，得了风寒病逝，其部属将其葬后，在坟前默念“安息安息”。不日，该官员亲属得梦传噩耗，查访该官员辞世之地，传名安息，久而久之成为地名。20世纪“大跃进”期间，当地为官者认为“安息”这个地名死水一潭，不合“跃进”时宜，提出将“息”改成谐音“西”，因此“安西”之名沿袭至今。当然，安西的“西”，与它所处县城东南部的地理位置“南辕北辙”，要是有人在当地突然间冲出一句“安西”的普通话音，听者还真的一时回不过神来。

二、枫树底下

远道的行人去吊钟岭，若从古陂、新田经金盆山大公桥山道进来，或沿安西桐梓岗翻上迳铁针寨小径过去，遇见知晓它的人问路，他会一滑溜地准确回答，抑或再直观地补充一句，看见枫树林就快到了。

吊钟岭的枫树确实多得古怪，这种大众树种，眼睛一瞅就认得出来。沟壑两岸，依山傍岩，漫山生长的红黄两种枫树，高高低低，枝柯交错，或伸手可触，或直耸云天，亦掩亦覆，若映若影。平常的日子，枫树吮吸着阳光与泥土的新鲜气息，色彩随着季节的变幻，相互感应，也相互传染。春夏的时候，满山浅绿、墨绿、深绿……郁郁葱葱。秋冬时节，山上先是绿里泛出浅红或嫩黄，后来便万山红遍，半山瑟瑟，一山如洗，如画家手中的调色板用完了颜料……这边透到梧桐岗下，那边透到黄山坑，而离开了庵上的山头地角，沿途都蛮难见着枫树繁茂的影子。

枫树与庵上，像一组贴在吊钟岭的标记，给人留下的印象大抵是深刻的。远去广东梅州、福建长汀挑肩担谋生计的，就近进山砍柴割草打猎的，相向而行赴圩（东面石背圩、西面安西圩）游荡的，无论有求也好无事也罢，都会主动进去庵上，行个“打声招呼报个到”的礼节，这里头囊括着说不清、道不明的人生世态，爱恨情仇。

吊钟岭何时开始有人踽踽而行？是诗经年代、唐诗盛时，还是宋词岁月？没人知道。民间这样流传，不知具体时日，不谙因何缘由，不晓是甚战事，有位将军率着十几里路长的队伍，半夜行进吊钟岭山道，月黑树高，人影绰绰，战马萧萧，将军传令就地宿营休整，天微亮时继续征程，一路太平无事。后来，一个扎过营的山头被叫作海螺寨，这方圆十几里地盘传下了“太平”的吉祥村名。时光久远，史事难考，在“太平”护佑下的村人却真切地辈辈繁衍。

某年初秋，我 36 岁的爷爷带着奶奶从会昌辗转来到庵上落脚。他们扑朔迷离的经历，令我百思不得其解，促使我拨云开雾，追寻到底。

三、田园轮廓

庵上路旁拐弯处的那棵大枫树，主干粗壮如桶，枝条弯扭有形，透出百样亲昵。它有多大年纪？父亲说他小时看见它就是那个样子。枫树前堆砌了土砖和青瓦，瓦面挂了红布，造型像简陋的房屋壳子，这是被赣南客家人敬称的“社官”。先前，走过路过的人遇见“社官”，都要停歇一番拜三拜，祝愿自己一路平安顺利。我见到这棵“社官”树时，它只剩下一处腐朽的枯干树墩，边上新生了一棵小枫树，有些细青的蔓藤环绕着它，破瓦前的残砖长满青苔。

离“社官”树将近十丈远的坡地，也就是庵上围拢篱笆门亭的南墙根下，冷不丁地长出了一棵学名叫“紫薇”的树，当地人叫它“痒痒树”。拿手指轻轻一拍它的枝干，或用手掌轻轻一挠它的树皮，整棵树就会不停地颤抖，像一个怕痒的人被触及腋窝发起惊来。随之，像蚊子一样的紫蓝色痒痒花纷纷扬扬地飘落地面，许多情趣尽在“痒痒洒洒”中。据资料记载，紫薇除了叫“痒痒树”，又叫“百日红”“无皮树”，树干上部重下部轻，有别于其他树干下粗上细，这就决定了它对摩擦振动容易敏感，传导到枝干更多部位而产生摆动摇晃。专家考证，它的寿命长达500~1000年。爷爷用中草药治病有一套拿手秘方，在这棵“痒痒树”上刨些树皮、挖点树根、摘几片叶及花，配制成治咯血、吐血、便血的煎剂、强泻剂，应了十里八乡病人的急。爷爷过世后，“痒痒树”被人砍去做了农具、家具用材。

庵脚下有片荒地，开垦出了梯形模样的农田，从20世纪50年代颁发的土地使用权证中，我看到户主为爷爷的名下有八亩多地，奶奶说大多种水稻，兼种花生、豆子和蔬菜。庵上比山外头的气温偏冷，播种农作物，总要迟上十天半个月，比如，外头人一般从惊蛰开始下早稻种，而爷爷等到临近清明才下种。不过，外头人的种子在催芽期间，爷爷就着手拉犁做秧垅、整稻田。他卷起宽头裤脚赤脚下田，腰间系根扎结的长麻绳，攀过肩膀连接到犁身，弯着腰向前使劲拉犁，奶奶在后面弓起背，一手扶稳犁柄移动方向，一手按住犁梁调整犁横刀深浅。秧苗长高到四五寸，用铁铲一块块连秧带泥铲起装入畚箕，从这丘田移植到那丘田莳“铲子”。在这之前预先要做好的工夫，就是用梯子拖平稻田，推一种手车子（一根长棍底端固定套紧六个隔开的圆轮子）滚动打格子，以便对照掰插下去的禾苗整齐排

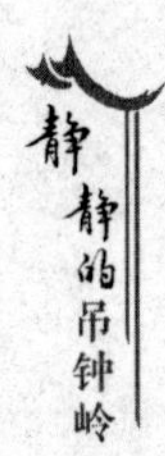

直，使后续掐田、耘田时不出现岔行。

稻穗“九黄十收”即割禾，收割叫打斗，割禾、摁禾、打斗、出斗、挑谷、集秆、担秆、晒谷，需要由七八人组合完成一座斗，爷爷奶奶到庵上的头几年，两人包揽了一座斗的一整套活计。此后，爷爷结交了一些人，农忙合伙换伴搞收成，再就是大伯、父亲长大，多了劳动力，还养了一头黄牛耕地。

田土上边有块禾场，掺杂着泥巴细沙碎石，割禾头几天就清理出来晒谷。爷爷找个地方挖个水坑，倒进干牛屎去溶化，用长柄粪勺搅拌成稀浆糊状舀入尿桶里，然后一担一担地挑去禾场上浇灌，拿支扫帚像粉刷墙壁那样过一遍，不多时，从头到尾干燥板结的禾场面皮，光滑得像涂上了一层油蜡。晒绿豆、黄豆、芝麻这些农副产品，会在禾场上垫上竹褡，待到日头落山卷拢竹褡完事。

禾场坎高，流下一股溪水四季不涸，爷爷砌了一排石块和草皮，筑成一道拦水小坝，盖了一个杉皮茅草棚，装上一座简易的水碓。一溜木桩托起一条破开的竹水槽，伸出尺把长，急流冲击水轮，拨动碓公一端，碓公顺势提起和落下，装了六面钉子的碓嘴打下去，撞落在碓臼底部中央，一个斗子踏一下，发出有节奏的“——依呀——咚”的响声。爷爷不是利用水碓来踏谷子，而是用来踏槁蔸。爷爷先把槁蔸切成片晒干，碾碎成带黏性的粉屑做庙香，捆成一扎一扎，每扎约 30 支（我奶奶走村串户卖香，20 世纪 70 年代末、80 年代初 2 毛钱一扎）。水碓“——依呀——咚”的声音，大老远就能听到，一年到头都不停歇。

爷爷用推砻的方式，脱去谷壳制出糙米。这座木砻连同用来磨浆做豆腐的石磨放置在庵上右侧厢房，它呈“直箍笼桶”形，里层是垒结实的黄土，上下两节钉上一圈圈可以磨合的枥木砻钉，上方按砻手套砻钩，下方按砻脚稳固砻身。爷爷顺时针推转砻盘，奶奶往砻糟里加谷子，摇动风车吹净谷壳，筛糠装箔篮，糙米入箩筐。推砻这种活，除了夏收时节干，平常大都处于停摆状态，因为贫苦人家产谷少，有段民谣这样诉说由推砻体验出来的甘苦：“推砻叽喳呱，三斗米四斗糠，喂得人畜健健康。收割禾米有吃，荒时老月无吃，向着壁背出眼涕。”他们遂去寺庙祈祷上苍保佑，赐福安康。庵上成了他们的去处之一。这些民间信仰，流传于各个年代，形式多样，人们多以“信则灵，不信则已”的心态看待。

庵上一座孤零零的坐东朝西的土墙瓦房，正房摆了张长台，上面放一个陶瓷香炉，主厅盖了隔层楼，搭了木板楼梯。两边副厅隔了一道屏风，右边是爷爷的睡房，左边是奶奶的睡房，前面都开了一扇窗户。正房两侧有两间偏房，右边为磨房、厨房和一眼不甚阔深的水井，左边为伯伯和父亲的睡房，连着一间牛栏。

后来，长台烧光了，香炉砸烂了，房子也拆掉了，剩下一堆废墟。

庵上早已没了踪影，但它的历史永不磨灭。

四、相关之地

被称作“吊钟岭”的地方，信丰大阿镇也有一个。自古以来，信丰人称大阿为“大小窝”。传说某村内“有九十九个金窝银窝被神仙的金手指点化，窝窝都可以使人富足”，由此“大窝”衍至成了“大阿”，故以大阿命名。大阿之名的来历，想必众人是知晓的。大阿圩北一里处有个村子叫吊钟岭，我对它的了解也不周全，只知它因村后的山像一面钟而得名。另外，吊钟岭居住的肖姓人家最先开基，他们从一个叫石灰坝的地方迁入，现如今已有十数代。

大阿吊钟岭上建了一个革命烈士陵园，陵园当初建于原大阿乡花园里，之后迁建于此。这座五米高的六角亭和呈四方形、八米多高的纪念碑，陵园苍松与翠柏相拥，直耸云天。一个个镌刻人心的名字背后是一段段感天动地、催人泪下的故事，而这些故事汇成的是掺着泪与爱、淬着血与火、诠释着忠诚与不朽的烈士精神史诗。面对陵园，让人肃然起敬。纪念碑后面的瞭望哨所遗迹，至今还能看到。站在岭上，可望见周围数十个村庄。如今的大阿大放异彩，江西省革命老区建设项目对其对口支援，“子孙龙”民俗为省级客家非物质文化遗产精品……

大塘埠圩上西南边有一座叫金钟山的山岭，与安西、大阿两地的吊钟岭存在着某些神似之处。金钟山作为信丰 50 座名山中的一座，与铁石口镇的最高峰驼背岭都是“独立成峰”的。主峰海拔 456 米的驼背岭，因山形酷似弯腰驼背的古稀老人，故取名驼背岭。主峰海拔 430 米多的金钟山，山顶有座寺庙，寺庙里有一口青铜铸成的古钟，钟的外表镀了一层金，故称“金钟”。我理解古人多以象形事物取名的本意，像中国最初的象形文字就是由图画文字演化而来的，容易传承还可演变。在我们乡下，为了奉劝某人纠正错误更具说服力，往往会先带一句口头禅“古人说……”，可见，老祖宗的智慧不可估量。

有个关于驼背岭与金钟山来历的传说，大意是：某日玉帝命令一位下凡神仙挑两座大山放在南边，神仙走到信丰境内跨了一个大步过桃江河，因用力过猛，扁担断了，两座大山落在地上，就形成了驼背岭和金钟山。这个传说在当地广为流传，给生活带来些许乐趣是不容置疑的。不过，有研究者进而认为，这两座大山的来历记载在《愚公移山》中，因为愚公每天挖山不止，“帝感其诚，命夸娥氏二子负二山，一厝朔东，一厝雍南”，并把“雍南”认为是“岭南”。这种说法当然是值得怀疑的，因为“雍南”理当指雍州的南部，属于陕西、甘肃一带。

金钟山的来历，除了上面的传说之外，还有一个传说，与金钟山的寺庙有关。这个传说虽然趋于平淡和大众化，但外地人去金钟山，当地人必定会把这个传说穿插进去，这说明它确实切中了某些事理，表现了金钟山人的诚实和坦然。事实上，寺庙的水井里曾经有一根大木头，只是后来寺庙重建时被毁，水井变成了一个浅坑。而金钟山脚下的羊马村有个石寨圩，旧时有十几间店铺、客栈、酒店，桃江河从圩场穿插而过，河面宽阔，河水平稳，河岸建有上下码头。中央红军长征时，有支先头部队从铁石、石寨圩架浮桥过桃江……他们去了桃江之外的远方，很远的远方。

草纸上的遗书

我翻开爷爷那一本本用毛笔写的记事簿，表面上与平常的记事簿的内容大同小异，但多读了几遍忖思，总觉得里面的隐语跟在吊钟岭一带发生的大小事情有关。

一、记事簿

爷爷何许人也？

在我的出生地兰塘村牛角龙老屋里，有一个上了小铁锁的长方形木箱。父亲说，木箱是爷爷1958年“归山”后遗留下来的。父亲在爷爷过身四年后上初中时，挑着它去二十里外的安西中学寄读，考上油山共大却未成行，挑着它去牛阿湾屋场拜师学做裁缝手艺（奶奶给父亲交了三年的学徒费50元）。我出生头两年，父亲挑着它来到牛角龙，同我后爷爷和后奶奶的童养媳，也就是我母亲结婚。那年大伯也过继给后爷爷的一位堂哥家娶了伯母为妻，父亲、奶奶和大伯的户口从庵上迁到牛角龙。

这个木箱沉沉的，我年少时对它挺好奇，但力气小搬不动它。有一次我问父亲，父亲拿了钥匙，打开木箱，里面尽是发黄的老书。父亲说，这是爷爷生前的记事簿。有一次，一伙不相识的人闯来庵上“破旧”抄家，搜到这些记事簿，丢出院子外面找火柴点火烧掉，父亲趁他们返身进屋时，摁出几捆藏到牛栏的茅草堆里。

奶奶、大伯、父亲是被迫搬离庵上的。

父亲小心翼翼地从箱底抽出一张包裹的草纸。那是爷爷用小楷毛笔字写的一份报告，这份报告简要介绍了他的经历，写于1957年，爷爷那年65岁。从字里行间，我清楚了他身体每况愈下，处境异常困难。报告的大意是垦请上级组织查询一下他的档案，以给后人有个明确的交待。

这份材料居然还留存着，父亲也不知何故。

我揣测爷爷写完后，要么出于某种考虑不想递交上去，要么递交上去了无果而被退回来。再就可能是爷爷抄写了多份留下其中一份，或者先留下一份初稿，把更详细的交给了组织。这份遗书成了爷爷终生未了的宿愿。

是的，我无需过多地探究它留存下来的原因，我确信这份带着爷爷体温的材料是他发自内心的真情吐露，纸短而情长。

我翻开爷爷那一本本用毛笔写的记事簿，表面上与平常的记事簿的内容大同小异，但多读了几遍忖思，总觉得里面的隐语跟在吊钟岭一带发生的大小事情有关。我找到伯伯，叫他念一念，我又感觉它像某种唱词，这使我陷入苦思冥想之中。伯伯小学未毕业就在家干杂活，跟着奶奶削香烛杆，后来学了做箩筐的手艺养家糊口，也会兼带做香。他肚子里的“墨水”尽管连半壶都没有，但还是挺乐意淌几下子，哪里办红白喜事，他都会主动前去帮忙写几副对联。伯伯个子不高，乳名叫“矮牯仔”。奶奶说，伯伯的额头、眉毛和脸型像爷爷，却缺爷爷那种内在的威严和气质。父亲比伯伯小四岁，乳名叫“长牯仔”“乌眼仔”，身材、走路的样子、说话的声音、做动作的手势都极像爷爷。

据奶奶说，爷爷曾经居住在会昌晓龙乡，以习武、行医谋生，时常奔波于圩上、庙背、晓村一带或更远的地方，那期间有人叫他刘林三（或是“三”的谐音“山、先、生”），又有人叫他刘明翔……爷爷出生的那个屋场，辈分排列为“道德光明同、礼义家声振”，爷爷属“明”字辈。爷爷有三兄弟，他排行第三。

那一带出现过一帮外来“白衣”，他们仗着财势横行霸道，扰得乡民不得安宁。爷爷打抱不平，带头跟他们对着干。他们奈何不了爷爷，便谋害了爷爷的结发妻子、哥哥和嫂嫂。奶奶原名叫王友发，娘家在晓龙桂林村老屋下屋场，她说那里有“桂林岗”，还有“仙崇山”寺。奶奶的哥哥叫王老二崽，前夫也被“白衣”下了毒手，她与前夫生过一个女孩子，取名刘财秀，寄养在晓龙垇背一户人家。奶奶重复了一辈子要去晓龙，要去老屋下、垇背，但最终心愿未了。

奶奶对家世的口述和爷爷“草纸上的文字”，给了我“寻根觅祖”的一些启示。

爷爷写到了他儿时的经历。我从他工整的字迹、通顺的文字表述中，可以肯定他肚子里面是有“真货”的。太公是一位秀才，在晓龙圩上的私塾任教。在那个愚昧落后、动荡不安的时代，太公能考上秀才，当上教员，家里应该具备（或勉强）供他读书的条件，至于太公的父辈以及祖辈是什么背景，爷爷并未提及，这令我十分遗憾。爷爷提到太公是个清苦的私塾先生，那么太公的家境可想而知。不知爷爷在别处有没有记载，或者其他人有没有记载过太公？也不知爷爷是否告诉过奶奶，或者他告诉过奶奶，但奶奶忘记了？按理说，这么重要的事（对我来说极其重要）她不会轻易地忘记。还是奶奶另有原因有意遮掩？可是我找不出任何她遮掩的理由。大伯、父亲同样一无所知，这我能理解，爷爷“归山”那年（他预见不了阎王老爷会在那年就勾了他的簿，但某些预兆还是出现了），大伯16岁，父亲才12岁，对于他们那个年龄段的青少年，关心的是吃饭问题，我不相信他们会对长辈的往事产生兴趣。事实也是。我想到了查阅刘氏家谱，然而天下刘姓是一家，这好比没牙佬吃雪梨——从哪入口？我无法再往前查询下去。

二、出家门

从爷爷的记事簿上一段回忆文字中，我知道了他小时上过5年私塾，念的是《三字经》《增广贤文》《四书》《五经》

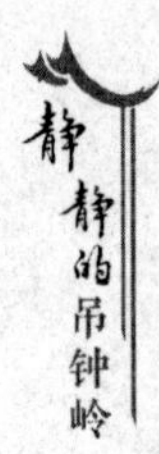

等效仿圣贤的古文，他写作文，一改“八股文”腔调，这令太公暗自惊诧。科举制度废除后，爷爷辍学在家，太公给他讲岳飞“精忠报国”、包拯“秉公执法”等经典故事。

那年春天，塘头下寺庙里的一位禅师来到圩上化缘，同太公聊得投缘。太公考虑到自己生了三个儿子，家境贫寒，向禅师提出送爷爷到庙里做俗家弟子。爷爷听闻后死活不肯离家。最后，太公说，乖崽仔，在这个世道上，你不趁早出去，以后哪有出息？爷爷才似懂非懂地顺从下来。禅师见爷爷身子结实，目光坚毅，便双手合十，念声“阿弥陀佛”，牵着爷爷就走了。望着爷爷离去的背影，太公禁不住潸然泪落。

爷爷在庙里起初干些扫地、挑水、砍柴、做饭的杂活，过后点香火、敲晨钟、击暮鼓、抄经书。禅师下山做法事，爷爷便挑着道具跟去做助手。一名俗家弟子教了爷爷习内家拳法，以道为体，以拳为用，以道悟拳，以拳证道。爷爷还掌握了中医治伤病的相关技能。爷爷跟禅师学了各种经文，领悟了其中的大道真理。

一天早晨，一伙蒙面强盗闯进寺庙，扬言要霸占寺庙。弟子们见来者个个凶神恶煞，像是亡命之徒，便严防戒备，摩拳擦掌，听候住持发号，随时准备对付他们。只见住持手敲木鱼，口念经文，从容不迫地向前去，爷爷心领神会，与其他师兄弟转眼间排成队伍，一步一步靠近强盗，盘地而坐，齐声诵经。幽静的寺内，悦耳的诵经声如阵阵清风袭来，强盗们停止了叫嚣，你看看我，我看看你，心存畏惧，惴惴而逃。又一日，爷爷去庙外晨练，见一个身中刀伤的人倒在墙脚下奄奄一息，爷爷背他进寺庙，住持组织了几个僧人抢救，那人终因伤势过重永远地合上了眼。住持为他清身时，从他的口袋里翻出一叠皱巴巴的纸团，摊开一看全是“抨击旧政府”的传单。住持沉思默想，然后召集弟子们一起商议，联合礼生为他举办了一场丧葬仪式，把他埋葬在附近的一个坡地里。

早先，乡下人年过半百一般会做“生居”，也就是选个坡地做坟墓，请礼生用罗盘在山上一放定好方位，以便选取日子开工，“生居”面上写“福、寿”两个字。而年过花甲的老人，大多会事先备好寿木材料，逢闰年的某月某日请师傅去家里或众厅里做棺材，以备“百年归家”之用。做棺材这门手艺，师傅是十分讲究“砍第一板斧”，也就是说，动工时，对选好的木料挥斧之间，外面不能有小孩的哭声，如听到哭声，棺材师傅这次就暂停给这家做下去了，他们信奉这时候听到了哭声，意味着主人会折寿的说法。若首斧顺当，师傅先做棺盖，做成初胚的盖头朝上，盖尾朝下，放置屋内大手片。整副棺材做好后，用两张凳子垫着，有的屋场的规矩是头朝里，尾朝外，有的则相反。师傅事先过问东道，然后依规摆放进入涂油漆工序。上完油漆的棺材，前后一面分别写上一个字，有“月日”“乾坤”“福寿”供东道选择。男女使用的棺材，两面的字是有区别的，女的使用的棺材一般写上“福”字。也有不准备寿木做棺材，直接买棺材的老人，也是逢闰年居多。棺材师傅把棺材送到东道家门口或某闲置屋门时，先打开棺盖，东道往棺内撒几把“五谷”进去，寓意“五谷丰登、寿比南山”。若是一对夫妻同时买各自的棺材，放置时的次序，男用棺材放置大手片，女用

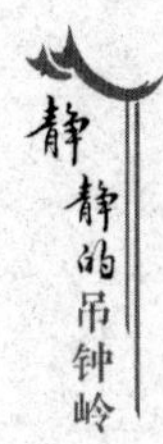

棺材放置小手片，像贴结婚证的照片一样。

爷爷在寺庙待了两年，这期间陆续来了十多个外地兄长，从他们言谈中，爷爷断定他们是走南闯北、见过大世面的汉子。果然，爷爷在宿舍里听到了他们讲当时的形势……爷爷敬仰他们的同时，好生新奇，问这问那。一位叫郑永全的中年人，看上去饱经风霜，机智老练，思想活跃。他听见爷爷讲晓龙土话，一下子亲近了许多，叫爷爷晚上跟他同铺。每天睡觉之前，他都会跟爷爷讲许多外面的所见所闻，爷爷听得浑身热血沸腾。原来，郑永全出生于晓龙圩，为了争取自由出去闯荡了多年。爷爷问他为什么来这个寺庙，郑永全向爷爷使了一个眼神，说以后你会慢慢知道。

过了一些时日，郑永全要离开寺庙。爷爷想过问一下原因，却欲言又止，转而说了一句，您多保重。郑永全握着爷爷的手，说，有可能以后带上你……

爷爷所在的寺庙有据可查。据《会昌县志》记载，这座寺庙叫仙嵩山护国寺，始建于唐宪宗元和年间（806—820年），相传为从袁州仰山（今江西宜春）来的释善觉和尚创建。仙嵩山护国寺至清咸丰（1851—1861年）历经四次修建，规模宏大，除三大宝殿（天王殿、大雄宝殿、祖师殿）外，另有十二个庵、三个寺、一座塔。寺内常住和尚最多时有百余名。后来被洗劫一空，从此仙嵩山护国寺便荒芜了。

冬去春来，风起云涌，烽火燃遍赣南。有个兄长从会昌县城带回喜讯，高排、门岭、清溪、山焦坑一带的贫苦人分到了财物、田地……

信念之光

爷爷去到会昌县城集训、听报告时，听见大家都学唱一首歌，歌的曲谱是“25——36532，16132——，532132，162765——”。这首歌，爷爷教过父亲唱，父亲至今都记得。

一、痛失黄氏

某日，郑永全约上爷爷一起下了山。

郑永全带着爷爷来到晓龙圩的一个巷子，进了一个老字号茶馆，房间里坐着五六个人喝茶、聊天。他们见到郑永全，都挪动身子留出空位，关上了房门商讨事情。郑永全介绍爷爷加入了他们的行列。

他们在乡里种植茶油、稻谷、大豆、烟叶、茶叶、香菇，熬蔗糖、刨烟、制药，用老壁土制作硝盐，还有造纸、染布、造船、烧砖瓦、烧石灰……乡里需要进口食盐、煤油、布匹、药材等物资，爷爷出了许多点子，比如把货物藏进棺材里，面上放臭猪肉，或在夹层粪桶内放物品……那年过中秋节前，郑永全和爷爷带着猪肉、糕饼、鸡蛋和粉丝，看望驻地的伤病员。

过后，郑永全离开了晓龙。爷爷来到麻州租了一个小店，开了一家打铁店，修造各种各样的铁器。

爷爷结识了一名女子黄氏，她十来岁被送给一个丧妻的单身汉做童养媳，这个单身汉上无片瓦，下无寸地，被逼得走投无路，在一个饥寒交迫的腊月上吊自尽，剩下孤苦伶仃的黄氏。有一次，黄氏拿了一把钝柴刀到打铁店打磨，在爷爷的感召下，她留下来打理打铁店，过后与爷爷结为夫妻。

当时，各乡村妇女们学会犁田、耙田和莳田这些农活，有首山歌唱道："春风吹来百花鲜，多少细妹学耕田，女人赛过男人头，亲哥看了笑连连。"黄氏参加了生产突击队、耕田队，洗衣、救护、做鞋，样样拿手。

有一天，黄氏去山上送鞋，用一个竹篮子把鞋藏底层，面上放豆子，蒙了块布，贴了张红纸条，像走亲戚的样子。途中碰见了一伙蒙面"白衣"打劫她。当时，她怀有六个多月的身孕，一个"白衣"见她挺着大肚子，冷不丁地夺过她的竹篮，往地下一倒，指着散了一地的豆、鞋，扇了黄氏几个耳光。"白衣"又使出卑鄙手段，用棍棒猛力捅她的下身，然后拿绳子把她捆绑起来，吊到一棵松树下。"白衣"见她还有半丝气息，给她松了绑拖到河边……

过后，周围民众沿河寻找，却不见她的遗体，有人说，她伤得这么重，肯定掉进河里被水淹死冲走了。后来又有人传闻，她被“白衣”丢河里时，正好河岸上有一位拉网打鱼的渔夫，听到落水声随即划船看个究竟，于是把她救了起来。前者的推测有一定的道理，后者的说法也有可能，但黄氏最终杳无音讯，爷爷只能悲痛地认为，她已经先走一步了。

二、一见如故

爷爷去会昌县城集训、听报告时，听见大家都在学唱一首歌，歌的曲谱是“25——36532，16132——532132，162765——”。这首歌，爷爷教过父亲唱，父亲至今都记得。

爷爷挑担去福建长汀、武平途中，右脚受伤被人抬回会昌医院治疗。爷爷伤愈后，从高排区只身前往瑞金给一家掌柜送铁器。他走进会昌与瑞金交界处的一个密林中，忽听前面传来声音，爷爷机警地卧倒，看见两个“白衣”欲暗算他。爷爷急中生智，大吼一声！对方瞬时一阵惊骇，慌忙往大树背后退缩躲闪。但当他们回过神来，见爷爷只身一人，且赤手空拳，便一起上去围攻。爷爷翻了几个滚，快捷地挥握拳头，几个扫堂腿，打得他们跪地求饶。

在一家商铺侧屋里，高高瘦瘦的掌柜接待了爷爷。他戴着一副近视眼镜，脸色白里透黄，满脸书生气……他笑眯眯地跟爷爷握手，别看他的手纤弱，握手时爷爷感觉到充满了力量。掌柜幽默地说，就用你们的土话叫我。爷爷跟他有一段时间交往，得知他是河源人，比爷爷小 5 岁。

爷爷见他戴口罩，还不时一阵阵地咳，猛咳起来时脸通红、冒汗珠、胸闷，他自己却不当一回事，掏出草纸抹抹嘴，端杯凉开水漱漱口。爷爷看见桶里的几团草纸上沾着血迹，知道他生病不轻，不由得心痛鼻酸。柜台上放了一个茶杯，爷爷打开盖子，一股中药味扑鼻而来。掌柜拿出一只特制布袋子，对爷爷说，这只大袋子是他请一位大嫂缝制的，大袋套小袋，层层叠叠七八层。长条袋子放手电筒，小袋子放记事簿、账本，内层放干粮和药物。掌柜那个布袋子装的“柴兜子”，爷爷大多能识别出来，也知道是用来治疗什么病的。

掌柜盛情挽留爷爷在他店铺里待了半个多月。

人与人之间因缘而交，“同舟过水，三世友谊”。一天，爷爷背把锄头、挑只畚箕进山采草药，还列出张处方单子拿去中药铺补抓几味药。爷爷把赤芍、白芨、茯苓、黄芪、半夏、山药、甘草，晒干切成片，配制成一副副药剂，交给掌柜熬成汤服用。每天一大早，爷爷约掌柜散步，呼吸新鲜空气，教他打太极拳以强身健体，晨练完后，他们就边走边聊，掌柜兴致来了，跟爷爷讲起了他老家的来历。掌柜说他的妻儿留在老家，他将近十年没见过母子俩的面，又何尝不思念他们，牵挂他们呢？他说，有机会叫上爷爷去他的老家走一走。

有朝一日与掌柜一路同行，成了爷爷的一种期盼和愿望。

三、脱险情

爷爷从瑞金经麻州返回晓龙，借着残月余辉，沿着山路行走到天亮。在一条深山沟里，山脚下的死对头“白衣”发现了爷爷，伺机跟踪报复。

爷爷戴了一顶草帽，走到圩上街头，“白衣”就从后面追来。爷爷见他们人多势众，“三十六计——走为上”。爷爷不动声色，加快步子，左拐几个弯右转几个道，从这个巷子奔向那个巷子，搅乱“白衣”的视线，并丢下草帽迷惑他们。爷爷好不容易甩开了他们，钻进一条大巷子。这条巷子聚集了榨油、打铁、弹棉花、制作竹木器等手工作坊。爷爷飞身跨进“郭记打铁店”，正在拉风箱旺热火炉的店主，见个陌生人进店，以为来了生意，便放下手中活，招呼爷爷坐下。爷爷汗流浃背，急切地讲了几句简短的话，便握起地上的铁锤，做出随时冲出去的架势。店主先是惊讶，然后马上恢复镇定，感到事态危急，对爷爷说，冷静、冷静，千万不要冲动！他夺下爷爷的铁锤，拉着爷爷的手，赶紧朝后院的木炭屋奔跑。店主铁锹挖开堆积如山的木炭，给爷爷盖上竹篓埋进木炭窝里。

不到五分钟，脚步声、敲门声四起。“白衣”追到“郭记打铁店”，见店主悠然自得地哼着小调握锤敲打，气势汹汹地上前拉他一把喝令他停下，持大刀指着他威胁，逼问：“看见有人进来吗?”他们见店主摇头，装聋作哑，扇了他几个巴掌，血从店主的嘴角流了出来。“白衣”走进木炭屋，见屋子里布满蜘蛛网，用刀盲目地捅了几下炭堆，就撤了。

“郭记打铁店”的店主与爷爷的年纪相仿，他告诉爷爷他姓郭，叫郭生昌。

次日黎明时分，郭生昌取出一套大面襟便衣和宽脚便裤，让爷爷换上（爷爷身上的一些证件却留在那件换下的衣服里），又捡出一担炭笼让爷爷挑上，还摸出两块银元给了爷爷。郭生昌对爷爷说，你不能留在这里了，必须赶快离开，以后你就是烧炭佬，“留得青山在，不愁没柴烧”。临走时，郭生昌嘱咐爷爷：“无论你去到哪里，做什么行当，都不能说出是我救了你。只要时机成熟，你就可以回来找我，万一我不在，或者这个店关闭了，你在哪里看到了郭记打铁店，你只要说‘我是烧炭郎，送炭郭生昌’，主人自然懂得我们这次的相遇。”

爷爷起初纳闷，店主为何要施计救他？爷爷根据这些迹象，看出了他是个训练有素的人，并不是一个普通的打铁匠。因为爷爷进店的时候，那几句短话用的是本地方言，郭生昌表现得沉着机智，面对“白衣”的污辱，又做到了百般容忍。郭生昌是哪里人呢？《会昌郭氏源流考》记载，明清时期到民国时期，从广东大埔迁来的郭姓，主要分布会昌县城、文武坝。麻州镇的郭姓分布在小围村郭屋，原居永丰县恩江镇，后迁宁都黄石镇璜村，支脉分布在麻州凤形窝村大田面、瑞金壬田中潭村。西江镇西源口、凹口的郭姓，从江西万安县高陂镇符竹村井头迁入，大田村石狮前的郭姓从于都县沙心乡小茶坑迁入，兰陂村黄沙坑、竹山下的郭姓从万安符竹村松关迁入……

“郭生昌”有可能只是店主的一个化名。人世间，同路人应该有很多。

四、离别情

那天晌午，爷爷经过桂林岗，口干舌燥，他放下炭笼，走到河边，蹲下身捧河水解渴，突闻几声水响，两只水鸟掠过水面，倏地钻进草丛。爷爷操起扁担环视四周。离爷爷十多米远的河岸转弯处，一个女子手拿棒槌，使劲地搓洗衣物，她一抬头就看见了爷爷。

爷爷考虑到多一事不如少一事，哪有心思细看她是谁？她却连名字带称呼喊了爷爷一声，便跑了过来。她叫王友发，嫁到了爷爷所在的屋场，按夫家辈分应叫爷爷堂哥，没了丈夫后返回了娘家。她与爷爷相坐在河边歇了一阵，了解到爷爷当前的处境和日后的打算，便决定同爷爷一起另谋生路。

爷爷改名为钟远兴，王友发改名为王二妹，他们离开了会昌。后来，王二妹成了我的奶奶。

他们一路乞讨，过信丰新田罗汗石、古陂太平，来到安息乡桐梓岗。桐梓岗地处龙水、桐梓、兰塘三村交界的三角地带，离安西圩十余里。他们向桐梓岗屋场一户人家讨茶喝，户主是屋场头子陈祖禛，他见爷爷和奶奶衣衫褴褛，操外地口音，分明是在逃难，便收留他们在自家干零活。半个多月后，陈祖禛家来了一位太平村的亲戚。陈祖禛叫爷爷过去，原来，太平村附近吊钟岭有座寺庙，守庙人不知去向，只剩下一座空庙。他的这位亲戚在当地说的话响，就问爷爷去不去庵上守庙？这对于落难的爷爷来说，可谓喜从天降。

爷爷带着奶奶去了吊钟岭。他们是在庵上过了第一个春节。

庵上大门两侧贴了一副楹联：“山地有尘风自扫扫净大家得因缘，岭门无锁月常关关住世界是非门。”

类似内容的对联，见于福建省上杭县中都镇的云霄阁，门前有联云：“黄鹤归来带得松花香丈室，白云飞去放开明月照禅心。”后堂有联云：“佛地有尘风自扫，禅寺无锁月常关。”湖南省的禅寺也常见这类对联，比如腾云古寺佛殿上悬清翰林郑家溉的题匾：“福地洞天”，两边对联是“佛殿有尘风自扫，禅门无锁日常关”；衡山石头寺为“石径有尘风自扫，山门无锁月常关”；涟源市香林山禅房为“佛地有尘风自扫，室门无锁月常关”。

我看到爷爷抄写的一本古书，首页是庵门上的那副对联，不知为何，他却把“关”字写成了“间”。要么是他的笔误，把繁体的“关”写成笔画相近的“间”；要么他有意这么写，因为客家话“关”与“间”（念“干净”的“干”）谐音，他把它当作白字念起来顺口。但他抄写的明朝憨山大师所作的《警世歌》，却未出现一个错别字。

我能想象得出来，春节里的爷爷奶奶“独在异乡为异客”的滋味。从今往后，他们的出生地就成了他们的故乡，抑或成了我们的原乡。

亲情有多久，思绪就会飞多久。

五、落雨泪

爷爷在吊钟岭开荒种地，传授武艺，为人治病。

这期间，邻近的太平村墩高、墩下、梧桐岗下、新屋下、山头峰、大屋、河背、上坑口、稳陂，以及金盆山的黄山坑、大公桥、坪嶂屋场的村民，先后与爷爷这个“新人”会面。一个与爷爷同龄、乳名叫“机会宝”的瑞金人，是一个挑夫，走到安息地段迷路了后来便去了坪嶂定居。他结识了爷爷之后，隔三差五地来庵上做客。爷爷与十多个行医人交往密切，其中田垅大树下一个蓝姓哑巴在吊钟岭做些杂活。

那天，蓝姓哑巴约爷爷去海螺寨做“老爷会”。“老爷会”是安西上堡人、中堡人的一种独特的习俗，起源于海螺寨。海螺寨形似大海螺，筑有石墙（石墙高二三米、厚约一米，墙身每隔丈许均留眺望口、炮眼）和石门（石门东南西北各一口）。相传，寨上渗出泉水，水中长小海螺，山顶三股神泉与活海螺旋行入海，故名“海螺寨”。据岗背刘氏族谱中关于海螺寨的记载：“先祖潮泾公定居后，置有此山，山上已建有神庙，但不知神庙所祀何神。”寨是旧时驻军的地方，是军事据点。海螺寨周围有多处山寨，如铁针赛（上迳水库左侧）、东山寨（上迳水库右侧）、陈婆寨（安西中堡热水村）、鸦鸡寨（安西下堡与坪石交界处）。

安西“老爷会”通常以自然村为单位，一年两次做会，上下半年各有一次，上半年做会从正月开始到三四月结束，下半年从七月开始至十月结束。会期当日，做米果、酿酒、请客，颇为隆重。

吊钟岭做“老爷会”那天，刮风下雨。一大早，爷爷那班习武的徒弟戴斗笠、披蓑衣、敲锣鼓、放鞭炮，从四面八方赶来。黄昏时分，不远的山谷里突然发生了一场械斗。徒弟们感到莫名其妙，爷爷凝神静气，侧耳再一细听，立马判断出是怎么回事，便拂袖而起：“我们还等什么！赶快救人！”

天已渐黑，还在下雨，寒气刺骨。有人踏着烂泥、杂草、断树和乱石，零零散散地钻进对面丛林。有两个一瘸一拐的人，跌跌爬爬地靠近庵上小道，爷爷一个箭步上前，左手扶一个，右手扶一个，连拖带拉，把他们藏到一棵大空心枫树蔸下。

打斗停止了，大山一片寂静。

爷爷掀开那棵大空心枫树蔸，却见地上流着一大滩血……更让爷爷感到不可思议的是，地上竟然丢下一个令他眼熟的空布袋子——他扶的其中一位竟然是掌柜！爷爷悲痛万分，仰天哀嚎，泪珠和着雨水滚滚而下。

爷爷在庵上举行仪式悼念他，此后每年的清明节都坚持这样做。

开圩奇遇

老板娘煮好了粉干，放上油盐，趁热放到他们面前，爷爷闻了闻，米香中带着点米面发酵的淡馊味却馊得诱人，浇上点酱油辣椒，洒上点葱花，另有一番滋味。

一、赴老圩

某年正月初八，安西圩开圩。爷爷同几个上迳朋友赴圩。

安西圩的街道，街与街之间以瓦桥或木板桥相连，街面的店铺骑楼与河岸的吊脚楼相依。所谓骑楼，就是建筑物一楼临街处建成行人走廊，走廊上方则归为二楼，犹如二楼“骑”在一楼上，故称为“骑楼”。铺面大都是可拆卸的铺板，铺板上装有小门，供夜间顾客取货方便，前后部分隔着一个天井。骑楼的住户以广东兴宁、梅县手艺人居多，他们以做木工、泥瓦、建筑、染布、缝纫、金银首饰及铜器为生；也有

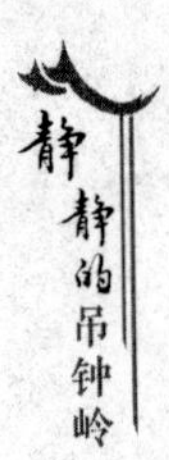

福建上杭、永定人，以经营南北杂货为主；樟树临江人则从事药业；南康人则大多是竹编篾匠；本地人、还有潮汕人主要经营餐饮。

圩上有砻钩潭、沙坝、码头、榕树、关帝庙。砻钩潭有棵大榕树，盘踞在一块巨石上，巨石旁住着几户人家。人们在树旁安了一个社官，崇奉的这棵榕树有了社官，等于有了仙气和神灵，便能壮安西圩人的胆子。

爷爷和朋友来到沙坝上，见长溜的小吃摊点，有粉干、麻糍、清汤、稀饭，摊板上摆着辣椒、小葱等佐料。他们各自点了一碗粉干。老板娘煮好了粉干，放上油盐，趁热放到他们面前。爷爷闻了闻，米香中带着点米面发酵的淡馊味却馊得诱人，浇上点酱油辣椒，撒上点葱花，别有一番滋味。老板娘说，那粉干刚从手工榨坊榨锅里捞出来，馊味的原因在于浸米，榨粉干之前，把米浸三至五天就有了馊味。

她还边忙碌边推介，她摊子上的薄粉丝，薄得像纸、细得像线、白得像雪，主要功夫在做粉丝上，米要白、浆要嫩、火要大、手要快、簸箕要新、天气要好、切工要精，这样做出来的粉丝，煮起来特别省事。先倒上大半碗开水下锅，把粉丝放进去泡一下全软了，然后捞起来沥干，加适量水作汤，伴点佐料，一碗现成的粉丝就可下肚。这个老板娘的油炸麻糍清亮、细腻、润滑，她支起烧开的油锅放入麻糍，一会儿捞起来，筷子一挟，发出“嗞嗞”响声，喷出浓浓香气。

赴圩回来的路上，爷爷遇见几个自称是会昌那边过来的人，其中一人拍拍爷爷的肩膀，并叫出了爷爷的原名。旁边的一位好友见对方来路不明，马上抢先回答，你们认错人了，他是我们这里有名的钟远兴师傅，那几个人便没再打探下去了。

我曾听一位回乡探亲的乡贤讲，他的父亲在回忆录里多处提到安西圩。90多年前，他的爷爷在安西圩上垭口茶亭（在崇墩村大屋的一棵大榕树下）里喝茶时，与一个广东人因争坐木凳而发生争吵，并大打出手。他爷爷虽有一身武艺，但那个广东人的武艺更高，点了他爷爷的穴位使他受了很重的内伤。他爷爷当时没有当回事，但没过多久就开始吐血，因无法找到那个广东人讨药医治，不到半年，年仅33岁就离开了人世。他的太公在县衙门当差，有次去收税，带着年岁尚小的父亲去安西圩、爱高圩（虎山乡隘高圩）玩。这两个地区长有茂密的森林、遍山的竹子，他父亲一路东蹿西蹦，玩得筋疲力尽，但是非常开心、快乐。

二、过新街

若干年后，我去安西开圩。圩上自东南向西北伸展，呈“丁”字型。

圩上的方言还保留着中原古韵。圩北边那棵据说有上千年历史的大榕树还在，东面穿圩而过的桃江支流上迳河水，印证了它的历史亘古久远。

街道清一色的青石板路宽敞整洁，林立的商铺中不乏别具一格的餐厅、茶楼以及小而雅致的酒吧，家家店铺前放着神龛，袅袅香烟似乎还留着祈求财富的身影。一处处雕花门楼、西式别墅，以及中式宅院，皆取了好听的名字：热水山庄、橙香草舍、莲丰精屋、龟湖别墅，在时光的作用下，显示出愈加沉静的质地。一大早，各式商贾云集，各种口音交汇，一改往常早市人稀的“浪荡圩”，小商小贩吆喝着，欢笑回响着。茶馆里，悠悠茶香弥漫着，品茶者悠闲自在，打牌的慢条斯理。酒坊内，热气腾腾，散发出浓郁的米酒醇香，石甑旁闪现着酿酒汉子黝黑的脸膛。米行、菜行、肉行、鸡鸭行、服装行、南北杂货行……宣泄着“趁墟犹市井，收潦再耕桑”的愉悦情绪。

圩肚里的文化艺术中心格外热闹。创意市集已经开圩，“正月初八早赴圩，集了好多好东西，花花绿绿真有趣!”摆摊的竟然是十几个小鬼仔，正在卖自己制作的钥匙链，10块钱一个。钥匙链用透明的亚克力制成，有心形的、圆形的、衣服形的，每一个钥匙链里面都有一朵小花，每一个花朵都取材于大自然，每一个钥匙链都不一样。有个八九岁的小女孩，在现场支起画架，蓝色的大海、各种各样的鱼儿在她的笔下活灵活现，小女孩的画儿还没画完，就已经有顾客愿意购买了。小画家的旁边是一个卖旧玩具的摊位，变形金刚、奥特曼、机器猫、红色小汽车等都被乡下来的小朋友们拿来摆摊。那些铁皮青蛙、拍画片、玻璃珠、飞行棋，还有水圈游戏机……喜欢怀旧的人们从此路过，看到这些熟悉的玩具，都有一种想泪流满面的感觉。

“打鼓要打鼓边沿，种田要种妹门前，三朝一七来看水，一看妹妹二看田，这种恋爱爱更甜。”“而今老表真有福，出门就是水泥路。灰尘泥浆沾不着，摩托汽车好舒服。”人头攒动中不断传出这样原生态的山歌，引得观众发出会意的笑声——这天成立的“安西歌圩”，发起者和组织者是一位年过六旬的圩上居民，他为了鼓励更多唱山歌的人前来赶歌圩，在店门口搭台表演，给每一位前来报名唱山歌的歌手发放一个红包，并供应糖果、矿泉水，一下了吸引了 20 多位歌手报名开唱。爱听山歌的人里三层外三层，把歌台围得水泄不通。

此时鼓乐齐鸣，舞龙舞狮，歌舞戏曲，烟花飞舞，热闹非凡。原来，圩上居民每到正月初八，一大早就先去祖祠拜祖先，舞龙舞狮。精壮男丁举着五节布龙，向各个店铺居民行礼，一路敲锣打鼓，鞭炮声震耳欲聋，引得儿童欢呼雀跃。路头路尾，居民早已站在门口，等待他们的到来。

另一类小商贩，如卖老鼠药、蛇药、跌打药的也聚拢过来，他们根据行业或产品的特点编成顺口溜，高声叫卖。先在广场敲锣打鼓吸引人前来围观，开场的拿手好戏是表演几套武术，表演者早把砖头摆在摊位上，节目有单掌开砖、手拍酒瓶等，表演者把腰中的功夫带解了又系，系了又解，然后鼓劲运足气用手掌或头把砖块打断，把酒瓶拍碎……表演成功后观众鼓掌助兴。然后表演者宣传其祖传跌打丸如何好，最后卖药。

平时的圩日，我们大多看到大妈大爷等“留守”人群，而开圩日，自然也就多起了时尚群体，很多城里人特地驾车前往，感受安西圩丰富的文化底蕴和独特的原生态景象。他

们去到沙坝上的摊点，特地买些富菜回去（富菜即芹菜，因谐音忌讳，管芹菜叫富菜）。他们说来到安西开圩，其他地方买不到的东西在这里买得到，其他地方卖不出去的东西在这里卖得出去。

物事掇拾

我问他，听说过“枫树庵”这个地方吗？他说他现在岁数这么大了，从来没听过枫树庵，只有枫树坑，离水库尾近，翻过吊钟岭的山就是金盆山的地界。

一、线路图

每年清明时节，我都跟随父亲去吊钟岭，祭扫爷爷的坟茔。

进入太平村，从上迳水库左边溢洪道沿山路东行，坝首下端，水库管委会老办公楼破落不堪已弃用，新办公楼为若干年前的茶亭遗址，坝首东南方向的那座山叫铁针寨。汛期，水库溢洪道水流湍急，河水流入发源于河连山将军寨西麓的上迳河，上迳河与发源于老芫山的崇墩河汇合于安西圩，穿过圩中心向北直下，经茶芫河角子与发源于鸣锣坑的窑岗河汇合，汇集成安西河。安西河流经坪石，于龙虎口注入桃江。

吊钟岭的山溪流入库区。上迳水库于 1959 年开始勘测设计并大坝清基，1960 年暂时停建，1965 年 9 月续建。安西公社成立“上迳水库工程指挥部”，邹维中任总指挥，曾凤礼为副总指挥，1966 年冬基本建成。河水宽阔而清澈，库容量为 1100 万立方米，灌溉方圆 20 公里 16 个村组 2600 亩农田。后来，建了两座电站和自来水厂，供安西上堡沿线的太平、上迳、兰塘、桐梓、大星、圩上居民生活用电用水。

库区原有 11 个屋场，墩高、墩下 16 户搬到了禾树山，梧桐岗下（也叫大坑）移到东北部山脚下，大屋移到水库尾，男丁清一色姓曾。同期搬离到邻近的有姓曾、刘、陈的座段，姓温的新屋下，姓孙的孙屋（柑桔场下），姓赖的、姓曾的山头峰（现在叫塘背），姓刘的河背、稳陂，再过去是上坑口。各个屋场的曾姓人有着相同的宗族。库区里有座瓦桥保留着原样，两边马头段上去，干旱水浅时可见其裸露出来的一部分。坝首内有大禾场，有一座寺庙叫真君庙，庙里搭了戏台，太平小学在庙里办过学。库区有个祖籍为长排的陈丁新在此教过书。岗背的刘金海、兰塘下的曾崇秀，还有社安前的郭训炳都曾在那里教过书。过后小学设在墩下屋背，大队部也在那里，太平的孙石妹、孙泽荣（如今住在上孙屋）都先后做过大队支书。

修水库时，禾树山的曾云南回到大队任党支部书记（他之前在田垅、手工业联社、香山干事）。负责上迳水库移民搬迁工作的是莲丰村江湖坝人袁宝明，还有一位口才较好的刘文贤。他们进驻库区做动员工作，规划修水库。我岳父一家在墩高分了一间小房子，与本屋场的曾祥荣对调。他们搬出禾树山，政府按人头给每个家庭人口补助60元自建房子，四扇五间结构的房子每栋补400元。当时，盖一栋那样的土木房子做工工资为1元一天，包吃，半个月做好，打砖不在内，算起来要花上半年时间。其间，库区移民都借屋暂住或搭茅棚临时居住。迁至禾树山的曾氏家族立了祖牌，举行了进牌仪式，其他几个搬迁的曾姓屋场的众厅都没有采龙。10多年前，政府向库区移民下发移民补助款，每人每月50元，按出生年限补20年。

上迳河上游的河连山峡谷，有处俗称为“老狮喷水”的瀑布，遮天蔽日，雾气翻滚，瀑布高70多米，与其上方40米处的鸡公寨瀑布，形成20多米高的跌坎式瀑布，水声震耳，颇为壮观。瀑布流下的山溪泉水，一部分流入上迳水库。水库尾的稳陂屋场，传说“仙人一脚稳陂头”，指的是某日有个神仙下凡，扮成乞丐下到稳陂，一户刘姓人家见他可怜巴巴，就给他茶水喝，并给米果等食物吃。无意间，“乞丐”听到主人诉苦，屋前有一个陂头，每到涨潮时节，山洪汹涌，冲垮陂头，淹没农田，庄稼颗粒无收。“乞丐”说，你能不能带我去看看？主人叫来屋场里的人，同“乞丐”走到陂头前。“乞丐”持拐杖下力点击石板，双脚一跺地面，陂头稳固了，从此再没有倒塌。另外又传说，神仙稳住陂头后，把河连山水口那边的水源也引了过来，化成一条直通桃江的大河，叫来天工神匠造一艘大船驶入桃江。河有了，船有了，可是，神

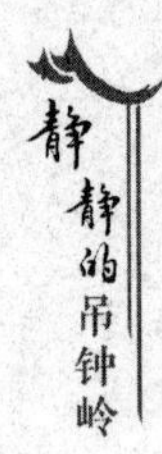

仙一观地形地貌，水口处有“盘古庙”，还有形似狮子、公鸡的山寨瀑布，一旦“狮子”开口吼，“公鸡”就嗓子哑，会对下游造成水灾，于是，神仙采取舍小取大原则，双手一挥，大河恢复原样，于是有了“河连山”之名，这艘大船从桃江河下水运行。后来，桃江大小船舶星罗棋布，水运繁忙，两岸渔夫人家传开了《划船歌》：

自从盘古开天地，孝顺少有这般言，唱船要知船出处，
砍木要砍木根源，不知何人造竞渡，不知何人造此船，
屈原相公一百口，九十九口祸来缠。千般吃药吃不好，
万般作福不安然。夜来相公得一梦，梦见此处划龙船，
寻得先生来圆梦，圆得此梦有原因，此病不用几剂药，
只要南海许龙船，许得龙船千千万，许得龙船万万千，
屈原相公许过后，九十九口得安然。屈原相公去买木，
这钱买木造龙船，一日寻到何州府，寻到何州何县前，
寻到湖广长沙府，一村有个古岩前，岩前有枝成香木，
此木正好造龙船，上有一枝透青天，下有一枝透黄泉，
东有一枝先遮日，西有一枝朝佛前，南有一枝透南海，
北有一枝遮半天，上有乌鸦不敢抱，下有黄蛇不敢缠，
竞渡三郎打马过，说道此来木好造，更差兵马向前砍，
三日三夜不相严，竞渡三郎向前砍，砍得斧头射半天，
千军万马不敢砍，万马千军不敢前，中原老夫来商议，
这钱买香造龙船，四月八日干雷雨，打到一枝在江边，
小水流来合大水，天水流来杨庙前，此水在生不复四，
却来水里歇三年，一河两岸人朝南，土地龙神不安然，

中原老夫来商议，将军绞起在江边，更差兵马去挂榜，
四门挂述寻匠人，寻得张公来起手，鲁班后来造龙舷。
寻得匠人来做了，茶汤过了酒作传，打得船好还几贯，
打得船好赠钱添，匠人听得真言语，百般斧锉在江边，
更把锯子来锯断，锯断此木在江边，上有一人丁字步，
下有一人口向天，上牵牵来下牵牵，牵开此木两半边，
天板锯来千千万，小板锯来万千千，大板交来做船底，
小板将来做船舷，船上板方真完了，无了铁钉不成船，
福建汀州出生铁，定装两担派船边，南海弦上来起炉，
三日三夜不相严，打铁匠人无计较，凑钱买香造龙船，
造得龙船有感应，乌鸦含泥在路边，乌鸦头上来报晓，
先使黄泥后使钳，大钉打来千千万，小钉打来万万千，
大钉打来钉船底，小钉将来钉船舷，船上铁钉真完了，
无了篾篮不成船，南山岭上去砍竹，只砍两根送船边，
船头绞起高八尺，船尾绞起在半天，船上篾篮真完了，
无了油漆不成船，淮安永新出石灰，定装两担送船边，
油漆只要硬槌打，打得油漆软似棉，船上油漆真完了，
无了彩画不成船，南海有个郭匠人，子子孙孙采昼船，
寻得匠人来做了，茶汤过了酒作传，画得船好还几贯，
画得船好赠钱添，匠人听得真言语，百般颜色在江边，
左画青龙右画虎，画出芙蓉对牡丹，船上彩画真完了，
无了锣鼓不成船。皮鼓出在雷州府，出在雷州雷县前，
雷州将军打不响，儿郎打得闹喧天，船上锣鼓真完了，
无了桡板不成船，彩画只要百尺绢，旗杆只要牡丹缠，

船头打深船尾出，打起旗脚盖船舷，打起将军来报苦，
口咬土来脚向天，船上彩画真完了，无了错帚不成船，
错帚却要南山竹，错头却要牡丹缠，一郎柬得初一好，
二郎柬得初二先，只要三郎柬得到，五月初五划龙船，
上水三日划到夜，下水三日游遍天，南海舷上划三转，
引得观音笑连天，东南西北皆游到，只要锣鼓闹喧天，
引得鲤鱼鲇螃蟹，聚来四海看龙船，龙船海内游三转，
吓得众鱼不敢前，不觉众鱼齐作跌，鲋公背驼鲋鱼连，
螃蟹背扁脚又绞，鲇鱼嘴扁尾禾镰，当初只要鱼变色，
只因四海闹龙船，此本做事都唱了，江水流来无断流。
一年只有十二月，个个月月保平安，正月好唱上元节，
二月好唱观社船，三月好唱清明节，四月好唱谷雨船，
五月好唱端阳节，六月好唱禾花船，七月好唱木连会，
八月好唱中秋船，九月好唱重阳节，十月好唱立冬船，
子月好唱大雪节，丑月好唱天寒船，所保六畜多兴旺，
合坊人口保平安，人口六畜皆兴旺，士农工商增吉祥。

（注：作者在嘉定镇竹子岭村找到了《划船歌》手抄本，年过九旬的王文贵即兴表演）

进入大坑屋场地界，朝东边就能望得见吊钟岭。吊钟岭过去有个茶亭叫石泥坳（也有人叫它“杀人坳”），那里曾经出现过蒙面抢劫事件，事实上也发生过杀人事件，案子很快就被破了。岳父说，在生产队的那些年月，他和屋场里的人常去那里背杉树、砍苗竹，进茶亭歇肩或躲雨。传说茶亭附近不知是谁埋下了银元，后来有人带锄头、铁锹去挖。有人

说挖到了，又有人说没有。我想，这是讹传、误导。大坑屋背旱坳也有个新茶亭，是上迳水库修成之后盖起来的。但石泥坳、背旱的两座茶亭都被人拆了。

车行大坑屋前的小道上，一棵粗壮的古枫，叶片吐露出了新绿。盖青瓦、粉石灰的土屋错落有致，却不见炊烟，也不见人影，仿佛仍在晨曦中沉睡。一辆带斗工具车停放在路中间，我只有按响车喇叭提醒。一位老人从路旁一间矮屋里出来，卷上烟丝舔着烟纸，跑小步走近。父亲上前与他握手打招呼，还能相互叫对方的乳名。老人说，前几天车主去吊钟岭的脐橙山地，返回途中车子出了故障，修理的人还没来，我们只好一起向前推车挪开位置。他说，村子里 40 多户人家，好多年前搬到圩上或县城去了。父亲告诉我，这位老人乳名托狗麻子，是位孤寡老人，他的父亲叫曾中华。父亲在太平小学读书时，他和父亲是上下年级。当初太平小学是一至三年级的办学制，父亲有 10 多个同学，譬如做过民办老师的曾祥忠，还有成为我岳父的曾祥连，他们过后转到兰塘小学读完四五年级，父亲升入圩上的安西中学。父亲对儿时往事记忆犹新。父亲说，他看到外面有许多村庄，人家的房子整齐，为什么自家住在孤零零的山上？我们的祖先究竟在哪里？

过了一座拱桥，父亲说此处叫高叉坑，小时候听老前辈讲过许多发生在这里的故事。父亲指着边上的一堆砖土泥墩，说有一位爷爷认识的人埋在下面。我问父亲，是那个掌柜吗？父亲沉默了。

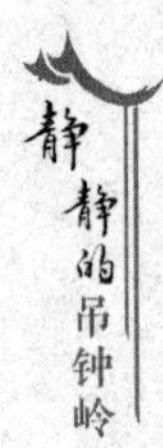

二、简述史

在大坑，路遇曾意福。禾树山与大坑，同为一个家族，岳父和我外公同辈，高曾意福一辈。我以曾祥连的女婿身份，跟他打招呼，叫他“大哥”。我知道，他跟岳父是老交情，我问他，什么时候去我岳父家坐坐？他说：“我前两天还到老叔家，他告诉了我你有事会来找我，要不现在去？”

他多年前离开了大坑，在靠近圩上的赤坑垅里盖了房子，但他大坑的田土仍没放弃耕种，隔三差五骑辆摩托车两边跑。他说，他的父亲黄有伶，是抗战时期从广东紫金龙岗乡桩下村逃难来这里，顶了一户人家的香火改姓曾。后来去桩下认了祖。他父亲开始烧窑做瓦，瓦泥就去庵上那边手车推、肩膀挑，那时起就跟我爷爷来往。他父亲停止烧瓦，去了新田上坪、石鼓山挖钨矿石、钨砂，一连几个月挖不出矿来，直到他出生那天才挖到，广东话说，终于挖出了“润货”。于是他父亲给他取名“润货”，广东话的谐音“意福”（指他的出生带来了福气）。他说他小的时候对我爷爷的印象是“蓄了胡须”。

大坑与吊钟岭山靠山、田靠田，那个年代的大坑人谁不认识我爷爷奶奶？

曾意福当过兵，20 世纪八九十年代做过多年太平村支部书记。他说，本屋场的刘安女在世（1984 年过世）时，经常跟屋场里的人聊她挑担到大公桥进石背那边的经历。她记忆最深的是，庵上附近的高叉坑边上埋葬了一个外地人，那个人身上还有块怀表（或是指南针）。80年代开始实行家庭联产承包责任制，大坑小组分田亩山地，队长带上田亩册，会计用棍丈量，每家来代表抽签。恰巧刘安女抽到了那块紧靠埋葬外地人的土方石墩的水田，她不想要，就跟曾意福家调换了一块水田。

有个民间流传的故事这样讲道：某年2月份，上迳水库坝首边上的铁针寨那边，一位腰挎银元的人，背着一位负重伤的同伴进一座茶亭里躲藏。傍晚时分，同伴奄奄一息，停止了呼吸。还有一说法，铁针寨那边有个山洞，那个同伴是当地人就地把他掩埋的。而那位挎银元的人，躲进附近一个老百姓家里，把银元托户主保管。他到了茶亭，却不见同伴的人影，便急急返回那户人家取银元，可是，那户人家的大门却锁上了。他蹲在屋边等了几天几夜，哭了几天几夜，无奈他一边讨饭，一边打听同伴的下落，最后他也不知去向。

铁针寨与吊钟岭仅隔一两座山的距离，只是方位不同。

上迳村江从圣老人，十几岁的时候去吊钟岭砍柴、做工，见过庵上有大枫树、大杉树。我问他，听说过“枫树庵”这个地方吗？他说他现在岁数这么大了，从来没听过枫树庵，只有枫树坑，离水库尾近，翻过吊钟岭的山就是金盆山的地界。他说，我爷爷去庵上之前，守庵的公堂弟子也姓钟，外号叫单眼佬（他无子嗣，带了一个儿子娶了一个姓唐的儿媳）。江从圣的母亲（郭五女）跟奶奶的岁数相差不大，她俩的关系好，每逢初一、十五她都会去庵上，也会带他去。他

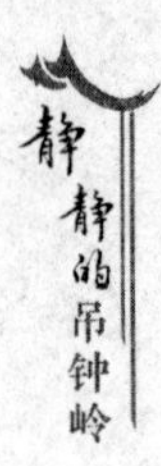

回忆说，进庵上先经一道门楼，接着沿马头梯子进庵，庵正门上方有块牌匾写着“金莲山”三个字。里面有间做豆腐的房间，放着一座石磨。庵上搭了一个草棚，冬天，空坪上晒日头最好不过了。

他说爷爷的大号叫钟远兴，大家叫他钟师傅，也有人会叫他斋公，奶奶会做香蜡，不吃斋，人家却叫她斋妈仔。江从圣听他的母亲说，我爷爷是会昌那边来的，武功很好，从来不欺负人，还会打抱不平。听说斋妈仔（奶奶）是斋公（爷爷）的大哥或老弟的妻子，不知什么原因带出来了。他说，你爷爷不高不矮，抽会水烟斗，一股武士相貌，见到他‘慌心’（惧怕的意思）很大。你大伯的相貌像你爷爷，不过他个子矮一些，没你爷爷灵醒和那种气场。我每次去庵上，就见到你大伯靠在庵门边做箩，他顶着一个竹筒破篾、割篾青，竹丝比他人还高。”

过去，村民会带着一瓶木油，提一只雄鸡去庵上。农村有句话叫“穷人养不到老线鸡”，说的是村民生活艰苦，饲养的雄鸡舍不得吃。而少数人养的线鸡，一要请人阉割，成活率低；二是喂谷子的时间长，穷苦人家供不起。有个叫油浸“鸡牯头牲”的腊味，奶奶好惯做，做出来的油浸“鸡牯头牲”新鲜、不哽喉咙，过了年她招待客人，莳田的季节可以吃。在我的印象当中，春节时，奶奶将阉鸡切成片，炒熟，放入玻璃瓶子里，添加上木油，然后盖一个盖子。莳田时节，奶奶打开“油浸头牲”，浓香扑鼻。在信丰，几乎是没有这种“油浸头牲”的做法和吃法，而会昌一带却盛行。我曾去会昌采访，就见一家农户端出了这道菜，与奶奶的做法一模一样。而奶奶满口晓龙一带的方言，她叫我的小名“老挂仔”的发音，与会昌人说这三个字的发音如出一辙。

江从圣老人告诉我，你奶奶捡到一个女孩子，叫良姣仔，是捡她来配你大伯的，可惜她死得早。后来你大伯开玩笑说，良姣仔还在的话，我做爷佬（爸爸的意思）都做腻了。你大伯前几年在海螺寨卖香蜡，突发急症，不久就过世了。这个情况他知道，我也听父亲讲过。

他又说，机会宝是爷爷的徒弟。机会宝姓吴，是外地人，被他外太公收留下来。后来他们住在金盆山坪嶂的求子庵（又称禾罗庵，就是山樵坝走出一点那个屋场）。江从圣的父亲过世后，他们没有来往了。

江从圣老人说，那时经堂庙的庙主叫钟真明，他同爷爷经常往来。爷爷同曾本省（曾瑞春的爷爷）的性格合得来，曾本省是当先生的，老钟屋的钟叶庭也会去庵上跟爷爷交往。当时钟叶庭住在上迳村牛阿湾屋场，后来搬去老钟屋（江从圣的妻子温二风由钟叶庭妻子带大）。下迳的曾瑞春老人（从大坑搬来）说，高叉坑也叫高见坑，到处都是枫树，茶亭边长满了荆棘，有三个枪炮墩子，堆了三堆稻草。石泥坳那个茶亭，后来爷爷牵头修过，那里有个石壁，爷爷请工人打开，修了一座木桥。提到做挑夫的刘安女，曾瑞春说，她是岭背人嫁到大坑的。

爷爷精通伤科，对于发乌痧急症，如发现及时他就能救治。禾树山有位叫哑佬的人，就是爷爷救活的。江从圣老人

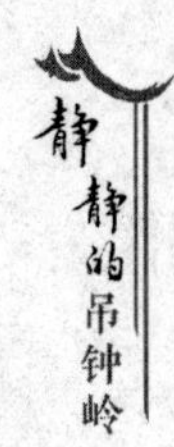

说，当时，哑佬突发惊风都快死了，他的家人急切地找到爷爷。爷爷听完病情介绍后，告诉哑佬的家人，人是能救活，不过大脑会留下严重的后遗症。果真，爷爷救活了哑佬。

许多人都说，爷爷给病人治疗惊风，用晒干的艾草秆浇上茶油点着火，找准患者的全身穴位烫烧，每烫一下，穴位处的皮肤便发出“啪啪”声响（前段时间，因另一栋老房子要拆，我整理一些老旧物件，无意中发现了爷爷用毛笔写的关于中草药方治病的处方本子）。

吊钟岭的东边，与石泥坳交界处是黄山坑屋场里，有位刘三女（其子叫温和崽，孙子叫温石头）认奶奶为妹妹，她有个女儿叫樟树妹（她嫁在下珠村下坝仔，丈夫叫林其祥，做过大队会计，孙女给岭仔脑行医的刘正礼做儿媳），她年轻时常去吊钟岭一带砍柴，回娘家经过庵上，都会见奶奶，她喊奶奶“姨娘”，喊得好亲热。禾树山的钟观音（娘家在新钟屋，丈夫曾传盛，其子曾明亮仔与我父亲同年），乳名“观音女”，认了爷爷为大哥，叫奶奶为嫂嫂，明亮仔与父亲也以表兄弟相称，以前我们两家都有往来。大屋的曾光崽（外号叫麻子），他的父亲钟昌出（后改名为曾有贵）跟“南康老叔”（名字叫钟昌进）是亲兄弟，他母亲叫温照秀，娘家在金盆山的大告屋场，她有个哥哥叫温德山。江道荣说，有次太平小学曾祥忠老师带他去庵上，他们闻到炒蒜子味道，真的是香！一直都难以忘记奶奶留他们吃的那一餐饭。

金盆山大屋村坪嶂刘苑顺说，禾罗庵出去是山樵坝，山樵坝进去，与安西河连山交界处有个屋场叫大营，立有长方形的石碑。初时，石碑有十至二十块，20 世纪 90 年代，村民开荒挖走了许多石柱用于自家建房，现只留余 6 块，每块重约 200~300 斤。他说，他没见过金盆山有这种石头，石碑应是从外地运来，也不知道当时他们是如何运到这里的。

2017 年秋，我去过大营，目睹了已经斑驳的 6 块石碑。石碑呈一字排成，石碑上刻有许多吉祥的图案，从石碑上的文字可以认定为清朝嘉庆年间设立。石碑的内容为："旨奉特授太学贡元何鳳在，嘉庆六年辛酉冬月吉旦立；旨奉钦授太学贡元何辅周，嘉庆六年辛酉冬月吉旦立；旨奉钦授国学贡元何辅勳，嘉庆二十五年庚辰春月吉旦立。"据说，大营有一姓何的家族，以读书闻名，家中一子何辅周（又名何辅用）考取了进士，时任南安（大余）知府。他为了让家族其他成员也好好读书，便在家族后院建了一座读书亭，设立了许多柱子，并刻有碑文。嘉庆帝得知这里的何氏家族祖屋风水好，要求在此地设立一批下马石，所有官员到达此处均要下马或落轿……山坡上那栋土房子（现为金盆山林场工房，为工区看山员居住）为西牛镇（原黄泥乡）坳上村村民刘荣礼所盖，当年，他经人牵线，携妻郭美英及子女来此客居，种了 20 多亩田。过了十数载他们返回老家，这些田地便荒芜了。屋边上有口水塘，水还是清澈的。屋后有两棵桂花树，树龄达数百年。历史上，这里曾住过多户人家，他们的兴盛与荣光，有竖立的石柱为证，但还是皆因一阵红一阵白抑而各奔东西。看来，大凡带"营"的深山老林，单门独户大抵是难以长久立足下去的。

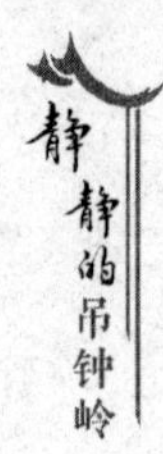

刘苑顺说，早先他们那边的人赴安西圩要经过吊钟岭。他最初是通过爷爷门下的徒弟机会宝才认识爷爷的。他们来回都进庵上喝茶、吃饭。庵上有一棵树，身上会抖动，树叶也会抖动，开的花好靓。机会宝学到了爷爷起幡的本事，坪嶂七修谱接族谱时，机会宝已经不在世了，屋场人请来爷爷的生前好友、黄屋的黄华永师傅来众厅主持。爷爷从会昌过来举目无亲，奶奶认河连山一位叫阿山的户主做娘家。早些年大伯每年来几次金盆山卖东西，做裁缝手艺的父亲每年都会去金盆山一带做“东道”。

81 岁的曾本福，信丰中学初中毕业，曾任太平小学老师，以教美术为主。他的美术老师叫刘勇坚。巧合的是刘勇坚是我姨公的父亲，生于 1926 年正月，毕业于中山大学，1949 年开始在信丰中学任美术教师，直至 1986 年病故。姨公的爷爷乐于慈善事业，捐款修余村庙下永定桥，出资古陂瓦桥接缘完工，捐资建信丰水东桥，还捐资一万多元创建信丰中学，后被授任信丰县财政委员长。曾本福曾在福建当炮兵，有个战友住在安头岭，叫曾左英。曾本福在安西公社画过宣传画，写过美术字，过后才回来太平村当老师直至退休。他说，爷爷个子不高，有点健壮，还会武功，三五个人几乎近不到他的身。他见过爷爷抽烟，抽的是刀把烟。吊钟岭有座茅棚，山脚下有水车，爷爷奶奶在水车里踏碓做香粉。父亲乳名叫乌眼仔，大伯叫矮牯仔，因为他去过我们家里，所以还知道伯伯、父亲都在牛角龙居住。

三、那块墓地

父亲记得，爷爷临终前大概是有预兆，那天早上，伯伯背起锄头正欲出门干活，卧病在床的爷爷却吩咐他把寄宿在校的父亲叫回来。伯伯摸不清头脑，跑去跟奶奶打了一声招呼。平时因一些琐事，奶奶总是会与爷爷拗几句口，这次她却不假思索地依从。因为父亲已经两个星期未回家了，这次让父亲回家带点米、干菜返校也是一举两得。于是，奶奶对伯伯说："听你爸的话，早去早回。"

中午时分，伯伯和父亲踏进房门，见爷爷神志不清，嘴巴一动一动却说不出话，片刻间头一歪眼一合，就安详地辞世了。他们跪在爷爷床前一阵嚎哭后，找来几叠纸钱焚烧，伯伯、父亲褪下爷爷的衣服，奶奶舀了一盆清水为爷爷抹身，从头到脚抹了一遍，换上爷爷的整套寿衣（衣、裤、帽、袜、鞋）。过后，父亲用碟子盛清油点上灯，放在爷爷的头后面照亮，到爷爷入殓。入殓前，伯伯和父亲兄弟俩守夜，守到天亮。

爷爷过世，奶奶要"发报"（即讣告、讣闻），把丧事通报宗族、亲戚。发给谁呢？只发给了爷爷生前的徒弟。爷爷门下的一位徒弟（父亲叫他"南康老叔"），选了那块四周呈"回龙"形的山脉、山底"玉带"清水流过的位置给爷爷做墓地。

爷爷下葬那天，邻近屋场的人都聚拢过来帮工，奶奶请了礼生、道士诵了一本《大忏经》，行了一堂通献礼，祈福爷爷由肉而灵、由苦世到极乐。伯伯、父亲戴白帽、穿孝服、执孝杖、系草绳、着草鞋，向爷爷的灵柩烧香烛、敬茶酒，哭声撕裂哀恸，之后变成抽噎泣吟，最后成了心在哭。出殡时，一页页纸钱像空中白鸟上下翻飞，被风吹动的旗幡像满头零乱的白发。父亲双手端爷爷的画像，八人抬棺出众厅往西行，到了坟地安棺覆土。返回时每人扎一块红布条，唢呐乐队停奏悲调，轻快的曲子沿路交响。

一般而言，在当天傍晚要为逝者举行上祖牌仪式。但为爷爷上祖牌这一仪式却被省略了。

起初，爷爷的坟地为一堆土墩，周围山岭长满了枫树、松树，伯伯在靠坟地右边撮了一处备用“生居”，它像一道生命阴阳两面的分水岭，顿卧在那里静静地守望。后来父亲择日砌砖修缮坟头，在山坡上种了两棵苦楝树（“楝”与“恋”同音，与“念”近音），寄托无限的思恋、追念之情。如今这一大片山岭栽种了脐橙，山脚新修了一条公路，转个 U 型弯上坡路旁是爷爷的墓地。

爷爷过世半年后，“南康老叔”同奶奶结婚，在吊钟岭又生活了 10 年。上迳水库修成后，爷爷奶奶开垦的田土大部分摊给了大坑村民。奶奶、“南康老叔”、伯伯和父亲一起搬迁到兰塘村牛角龙。

爷爷墓地不远处，新筑了水陂拦水，碾搞兜的水碓遗址还在，庵边的那棵社官树也还在。

父亲回忆，庵上斜对面有块禾场，爷爷以前经常一早就到这里练拳读书，冬天坐在椅子上喝茶晒日头。有时爷爷叫来几个行医的徒弟，比如稳陂屋场的刘永崽（又叫永华古）、老李古，大坑的曾华荣、曾华琳，他们在禾场上曾经一起谈古说今，不亦乐乎。

庵上往黄山坑方向两百多米的后山岭有条三岔路。父亲满一岁那年，爷爷和奶奶从安西圩上收养了一位叫蔡良姣的女孩（以前，从外面逃难过来的人家，把养不下的孩子放在圩上，让人家挑回去留条后路），她比父亲大 10 岁，据说是被父母从广东逃难带过来的，但父母却不知去向。她 17 岁那年腿脚浮肿，爷爷采了草药给她医治后渐渐好转。可是有次来了个孙屋的客人，奶奶炸了豆腐招待，蔡良姣吃了炸豆腐后，喝了几碗冷水下肚，感觉腹部难受，又呕又吐，生命垂危，奶奶背她到火土潦。临终前，她不停地叫“阿伟”（土话，妈妈的意思），奶奶哭得死去活来。她被埋葬在后山岭脚下，正对面的半山腰是爷爷的墓地。

四、忆往揪心

1971 年冬天，母亲在安西卫生院生下一男，但一出生便夭折了。当时父亲在给下迳一户人家做嫁衣，失血过多的母亲急需输血，父亲赶到医院，经化验为 O 型血，就抽了 400 毫升血。不知父亲是因失子之悲，还是被抽血过量，过后一阵头晕目眩，差点倒在地上。1973 年，母亲生下一女也夭折了（当时叫来和尚寺的一位小名叫“日日江”的接生员接生，

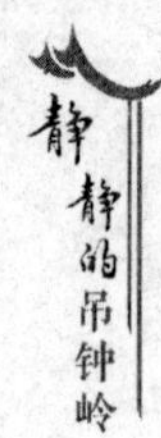

接生费为 2 元钱）。1974 年大年初一，母亲在信丰人民医院又生一女，因剖腹产而住院。父亲在母亲身边陪护。俗话说“屋漏又遭连夜雨”，“南康老叔”在那天过世。

那个正月初二，元香堂哥冒着大雪骑单车下城，把“南康老叔”过世的事告诉了父亲。他们暂时瞒着母亲。当日，元香堂哥抱着裹上棉袄的婴儿搭班车返回。那年我 6 岁，刚有了记忆，我同婴儿共一个稻草枕头睡在后奶奶床上。她的啼哭显得异常微弱。过了一个星期，她就再也不在我的枕头边了。此后，母亲没再生孩子了。

嫁到古陂中坑的姨娘，收到家里人发去的“报丧”帖后，让姨父来我家奔丧，姨娘去医院护理母亲，换父亲回来操办丧事。

伯伯去众厅捡拾打扫，张罗布置“南康老叔”的灵堂。屋场人历来十分看重众厅操办白事，小房份人不明“南康老叔”的身世，抓住他姓钟的“辫子”，便出面阻拦他的棺材进厅。这样，面对少数至亲的疑虑，辈分最高的秀华堂太公召集两房当家人共同商议。父亲回到家里，锦寿堂爷、元香堂哥等至亲长辈，已经着手料理“南康老叔”的丧葬事宜。“南康老叔”的丧葬仪式是在上店的房子里，他被埋葬在朝天岗。记得细妹奶奶背着披麻戴孝的我去为他送葬。1908 年生于会昌的奶奶，1987 年过世，与“南康老叔”埋葬在不同座向的朝天岗。

再回想起我的后爷爷刘锦华，他是屋场里的嫡系子孙，可惜命运偏偏跟他作对，与后奶奶竟没有婚生孩子，后爷爷三兄弟中数他最小最先过身，他的灵堂设在家里。究其原因，以前屋场人家盖房子，按房份围绕众厅一栋栋排过去，以示家族血脉相连，这样，任何一户逢红白喜事，都可以理所应当地进驻众厅。房屋与众厅“脱鞘”的人家，老人若要进众厅设灵堂，须在咽气前抬进厅，否则屋场人则视为“闯厅”，会诸事不顺。后爷爷家境贫寒，分家后择地另居，人到中年患了痨病，一直病病恙恙，属于“斜树难倒”的那类病人，后奶奶没有把他的床铺事先搬到众厅。后爷爷埋葬在禾场限口（旱塘坎上）。后来，屋场里渐渐改了这个陋习。

后奶奶蓝冲秀，畲族，1921 生于雩都，年轻时漂泊于赣州，1992 年中秋节过世，也在众厅里办的丧事。头一天，她还同一家人围坐在大厅里吃饭，过了一夜就不再醒来，我想她是心肌梗塞而突然走的。后奶奶被埋葬在牛角龙屋场的下首地段。

这样，我的三个爷爷和两个奶奶先后离开人世。“每逢佳节倍思亲”，对我而言蕴藏着另一层含义。这些“子欲养而亲不在”的遗憾和追念，只能全部打包安放进我的记忆里。

父亲曾动情地对我说，我们一辈子要感谢岁狗（秀华）爷爷、锦寿老叔、元香等至亲，在我们家最困难的时候，他们帮了我们很多忙，解了很多忧。比如，后奶奶过世之后，父亲得了一场急性黄疸肝炎，在县人民医院传染科住院一个多月，经济上十分拮据。锦寿堂爷借来钱送到医院，元香堂哥则帮我家做了许多农活……

伯伯“撑门”锦礼堂爷名下，锦礼堂爷与秀华太公同一年归山，胞弟莳英发来唁电深切悼念。莳英堂爷参加过抗美援朝战争，后分配在陕西工作，离开家园半个多世纪。6 年前的清明节，莳英堂爷携妻带子还乡祭亲，打听到邻屋老战友华英夫妇健在，年近九旬的“双英”久别重逢，百感交集老泪纵横，紧紧地拥抱在了一起。莳英堂爷触景生情，打算找一方阴地“落叶归根”，这是人之常情，无可非议，但后来他们一家改变了主意。

多年以来，伯伯每年正月初二凌晨起来，第一个到祠堂里打扫卫生，贴好对联，摆好台凳，就去海螺寨摆几个时辰的小摊点。2016 年正月初二贴对联的这天，伯伯突发脑溢血，伏在摊点前，口吐白沫，不省人事，恰巧被上寨的老家人看见，堂弟赶紧叫来了救护车。伯伯住了几天院，最终在元宵节前两天过世了。正月初一到十五过世的老人，老家称之为做了“新客”（有福气的意思）。我从县城乘车急速赶回，与堂弟商量伯伯的丧葬事宜。我们对伯伯的后事处理意见一致，简化以往丧葬中的繁琐流程，革除那些带有迷信色彩的礼俗。我在网上制作了“伯伯纪念馆”页面，上传他生前的照片，链接低沉电子哀乐，设置亲友“祈福、点烛、祭品、留言”栏目，转发屋场微信交流群、个人朋友圈。伯伯的墓地选在深坑公一隅，他筑起的“生居”不曾派上用场。2017 年暮春，一位堂侄不幸因公殉职，屋场里派选代表手持素花，参加他单位组织的遗体告别仪式。堂侄“克己奉公”的精神风貌登上报纸、电视，他的口碑留在了民众间颂扬，党徽永远在他的胸前闪光。去年秋天，镇里兴建大美橙乡特色小镇，多个屋场墓地集体“搬家”到新设的公墓地段。一处处坟墓在柏树的绿荫掩映下，像河流、稻垄一样朴实而触动心弦。

我伫立在乡村陵园管理处，面对丛林间一排排的墓碑，想象着它们背后的故事因缘；眼望遥远的蓝天飘浮着白云，思索着世间的一切情感体味。

父亲告诉我，上店那栋四扇五间土房子，占地86平方米，是他1969年11月盖的，木梁自己上山砍、土砖自己垒。当时花了23天、400多元钱（其中买瓦18000多片，花了200多元），除泥工、木匠、锯瓦角付工资外，帮工都是义务。（注：2017年11月，因响应“一户一宅”政策，上店房子已被劝拆，成为一堆废墟）下店是后爷爷和后奶奶1964年盖的，同样占地86平方米。庵上的房子占地300多平方米，如今却杂草丛生，没有什么建筑了。

盛着祖辈辛酸苦辣的老房子走进了历史，但我对它的思念之情还在，它永远在我的心里。

十多年前，父亲去崇仔下屋场扛水泥柱，到一位叫曾桥崽（现在70多岁）的家里讨茶喝。聊天中，他说他年轻时去吊钟岭砍柴，爷爷奶奶待客热情，吃过他们不少茶饭。这次无论如何也要留父亲和汉崽老叔一起吃顿便饭。父亲得知他身子虚弱，凭自己的经验，给他开了张补药浸酒的土方单子，也算是表达一份心意吧。

原乡掠影

我想，今后我应该向自己的孩子讲述这里的故事。纵然我父亲不在这里出生，纵然我根本不认识这里的乡亲，纵然我未见过安葬在这里的祖辈，但这里带给我的踏实、宁静和澎湃，我在别的地方无法深切体会，因为这里有我血脉里流淌着的原乡之情。

一、“风景这边独好”

轻尘栖弱草，白驹之过隙。爷爷落墨于那张草纸上的文字，成了他生命中的绝笔，却宛如一枚透出光芒的红星，指引着我从多个角度、多种思维，去理智地感知它、剖析它，于是决定去一趟会昌，以及与之相关的地方，求证爷爷“记事簿”里涉及的人事的前因后果。

说到会昌，我首先想起毛泽东的光辉诗篇《清平乐·会昌》:“东方欲晓，莫道君行早，踏遍青山人未老，风景这边独好。会昌城外高峰，颠连直接东溟。战士指看南粤，更加郁郁葱葱。”

会昌与信丰等相邻地域，有个共同的标识——“客家”，诸多流年遗风，息息相通，可谓心有灵犀。历代的风云变幻，无不在它们之间循环往复。古称九州镇的会昌，东北交瑞金，南接寻乌，西南毗安远，西北连于都，原先隶属雩都（今于都县）管辖，其名来自唐武宗李炎的一个年号，为什么呢？北宋太平兴国七年（982 年）江南新设三县，其中划出雩都县东南六乡，在九州镇（今文武坝镇老城区）置一县，其他两个新设县，分别以其年号命名了县名——安徽的太平县、江西的兴国县。正巧，九州镇时逢人动工“穿地脉”（凿井），一位工匠挖出了 12 块古砖，拂去黏泥露出篆文刻的“会昌”两字。为此，朝廷遂将此县命名为“会昌”载入史册。

会昌与信丰之名的来历“同归而殊途”，信丰东邻安远，南靠“三南”（龙南、定南、全南），西界广东南雄，北连南康、赣县，西北与大余接壤，唐永淳元年（682 年），取“地接岭南，人安物阜”之意，分南康县东南地置南安县。唐天宝元年（742 年），因与福建省泉州南安县同名，县北三十里有座廪山，丰崇如廪，取“人信物丰”之意，改名为信丰。

会昌与信丰相连、相通的史实，被后人口传文载。譬如，旧时被称为赣南四大名镇的“头唐江、二古陂、三营前、四门岭”，指的就是南康的唐江、信丰的古陂、上犹的营前、会昌的筠门岭。

秦朝以前，五岭之南属南蛮之地，车马不通，人烟稀少，唐开元年间，张九龄命人把古道铺上青石、鹅卵石。宋时，人们以砖砌路面。始建于清同治年间的古陂，其前身为百结堡，北边与赣县韩坊交界，是南来北往的重要驿道，也是兵家必争之地。古陂古驿道是赣县、于都等地商贾前往广东的必经之路，也是南粤地区人们通往江西，进入中原的重要驿道、官道和军事要道的咽喉。相传，乡人挖掘河道，意外得到一块古碑，圩上的谢、吴氏族人，河对岸的黎氏族人，起初将新圩、老圩一带叫“古碑”，后来将河岸掘得的这块碑改成谐音“陂”，成为带有“水岸”意思的“古陂”。

古陂河穿过古驿道，经龙舌汇入桃江河，当时河面宽、河水深、流量大，为竹、木、煤、豆的主要运输通道。有座当年和虎山玉带桥并誉的瓦桥（原名贞洁桥）横跨古陂河，桥中央有神堂，摆有妈祖像供人信奉。明清以来，古陂有赛龙舟的传统，每年端午期间都会在古陂河进行。古陂河两岸的河坝尽是沙质土，古陂人扶犁耕作，种植大豆、番薯。古道沿线的凤凰寺、金盆山寺、象龙山寺等香火鼎盛。金盆山墩高古驿道、新屋古驿道保存完好。

古陂逢农历的三、六、九为古陂圩，圩市天亮开始，日头落土散圩，据说，圩市上有六七千人，旺季逾万人。明末清初，古陂圩的谢氏人族人创立了“香火狮”，因为古陂方言的“谢”与“蓆”谐音，故命名为“蓆狮”。狮身用两条草蓆连接而成，插遍香火，一人舞狮头，一人舞狮身，一人舞狮尾。清光绪年间，黎家创立了一种与“蓆狮”暗自较劲的香火狮舞——“犁（黎）狮”，狮身以稻草做成，造型模仿牛的形象。每年春节过后，黎、谢两家隔河而舞，以表现农民驱牛耕田的劳动场景，活灵活现。“席狮”“犁狮”成为古陂人民数百年来春节习俗舞蹈的重头戏。

据会昌县志记载，明宣德七年（1432 年），会昌长河峒的朱南郑、刘伯昂揭竿起义，朝廷派兵连年征剿却“居年无功”。过后，福建武平人邱景崇带亲族装扮成铁匠，混入营盘作卧底，在除夕之夜与官兵里应外合，镇压了这次农民起义。但事情并未就此了结，20 余年后，朱南郑之孙朱绍纲召集其祖父旧部东山再起，从会昌进入信丰，驻扎金盆山石背，继而占据新田里罗老营场，在信丰、龙南一带活动长达十余年之久。明宪宗成化二十三年（1487 年），龙南、信丰铁石口一带的杨九龙发兵起义，联合福建武平刘昂，攻陷了信丰县城，转战龙南一带，声震赣、闽、粤。

长河峒在会昌、安远、信丰交界处，就是现在的古陂镇石背圩。石背圩的传说，跟会昌县志的记载大致相同，不过更富有传奇色彩。当时，邱景崇带领殷、刘、曾、温、付、何等 17 位异族兄弟，同官军里应外合，智取刘伯昂、朱南郑。他们联合官军攻打长河峒，义军惊慌失措，朱南郑逃至安息上迳碑头时被杀害，刘伯昂逃往大区的一山洞，后来下落不明。因长河峒四周都是大山，山背后石头众多，地势平坦，似天然屏障，人们不再叫它长河峒，而叫它石背。后来，朝廷便将石背的山林封给这 17 位剿匪有功的异族兄弟，这些人在此世居下来，逐步形成集市，形成了石背圩。

清咸丰六年（1856年）夏，瑞金起义军首领刘大猪攻打会昌县城，知县刘松屏依靠乡绅、客商资助，据城墙坚守，打败了起义军。次年四月二十六日，20余万太平军从瑞金扑来围裹会昌，刘松屏誓死坚守，两天后的深夜，太平军退兵至石水湾。五月初一，太平军翼王石达开率部从汀州进至瑞金，集合受挫部队再次攻打会昌城，均无济于事，初四日太平军撤回瑞金。同治三年八月初，太平天国康王汪海洋由汀州领兵万人进入赣南，先后攻陷瑞金、于都城，会昌城也陷入太平军的包围之中。二十五日，瑞金、于都两路太平军相继进攻会昌，但均遭到防守城墙的官兵顽强抵抗，太平军无功而退，由丁三洋领兵从城郊的小坝撤离，进攻福建武平，后转入广东境内。

土地革命战争时期，会昌和信丰都是全红县。

二、晓龙寻访录

2017年7月2日，我乘大巴车来到了会昌。之前，赣南“红色作家”卜利民老师对我说，需要跟会昌县作协主席邹泽升联系。我最早在1992年第二期《星火》上读过邹泽升的中篇小说《扶贫纪事》，但从未谋过面。我中午12点多抵达会昌，邹泽升很快就过来接我。他年过六旬，穿着朴素，皮肤黝黑，瘦得精神。我们一见如故，没有过多的客套话。他早已约了一帮文友等我就餐，文友中有我认识的也有不认识的，我曾在报刊看过他们的作品，比如宋瑞森、罗荣青、文会春、朱华胜等。席间，我留意到他们之间的方言交流，与我奶奶的口音十分相似。县文联周重生主席热情地向我介绍了会昌历史人文方面的情况。熟稔会昌地情及民情的县党史办曹树强主任，送给我一本《红色会昌》。为了更系统地掌握会昌人文历史、地理风光、文化遗产等，我购买了一套《会昌乡土文丛》。

邹泽升根据我的意图，规划了行程线路，他负责联络沟通，并开车作向导。他还特别强调，采访回来，也别住什么旅馆，干脆在他家食宿，一派兄长风范。他的盛情善意，着实令我感动。

从珠兰去晓龙，沿途在修公路，不见多少车辆过往，天下细雨，这距县城40公里的路程，邹泽升镇定驾驶，也不时幽默几句。晓龙乡四面环山，宛如蝴蝶状，东邻珠兰乡，南接高排乡，西临安远县浮槎、长沙乡，西北与于都县盘古山镇、长龙乡相连，北与于都县靖石乡接壤，为三县交汇中心。中华人民共和国成立前后，晓龙隶属高排区，今辖晓龙、晓村、田尾、庙背、里田、老屋下、高兰、塘头下、桂林、上保、倒圳11个行政村。

晓龙乡党委、政府领导对我们一行的采访，提供了多方面的便利。宣传委员陈进联系了采访对象并带路找人。乡人大主任宋志勇也提供了多个线索。

晓龙圩建于明嘉靖年间，这应归功于一个名叫刘云贵的商人。他是当地的货担郎，常年在集市收卖货物，家境殷实。有一年腊月，他去长沙营卖鞭炮、香烛，一个叫罗伯江的后

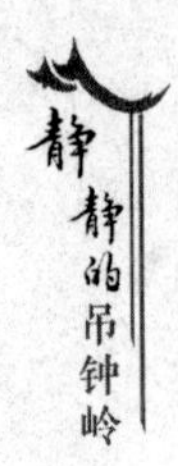

生掀翻了他的货摊。但过后两人再相遇，却不计前嫌，并结为忘年交。刘云贵在家乡建圩的举动，得到了罗伯江援助。某年中秋，刘云贵梦见拂晓时分，村民从四面八方赶来，如同一条长龙等候开圩。他悟出上天赐梦，给圩取名“晓龙”。

老屋下刘姓居多，村支书叫刘卫平，村主任叫刘泉亮。爷爷记载的字辈排序并非他们那条线的，与晓村、田尾几个村的刘姓正对得号上。老屋下村支部副书记陈庆寿说，他的外婆是桂林江的。在客家土话中，“江”读成“岗”的音。安西方言也一样。奶奶讲的“桂林岗”实际上就是“桂林江”。晓村的村支书和村委会主任都姓刘，支部书记叫刘振财，主任叫刘振堂，都是中年人，比我的年纪小。我看见屋场的众厅内，悬挂了一副对联：“藜阁家声远，彭城世泽长。”上联典出西汉经学家、文学家刘向之文，下联是指刘氏彭城郡望(姓氏发源地)。我见过好多的刘氏祠堂都挂此联，大概是因为汉高祖刘邦祖籍江苏丰县，起家于沛县，后来丰县和沛县都属于彭城郡，彭城就被视为刘姓的正宗郡望，众多刘氏以彭城为自己的祖籍为荣，而称为彭城刘氏。宋代以后成为刘姓的统一郡望。

我走访了多个家庭，问起爷爷奶奶的事，几个年轻人却抓抓后脑勺，只能朝我憨厚地笑笑。我跟一些老大爷、老太婆聊天，列出几个地名和爷爷奶奶的名字，请老人家用土话说给我听。那一刻，爷爷奶奶的音容仿佛就在我的眼前闪现。

筠门岭历来为兵家屯军之地，史料记载：魏晋南北朝开始在这里屯兵。汉代王温舒征粤时也在这里屯兵。宋代杨文广兄妹带兵在筠门岭一带大征南蛮。清朝同治年间，筠门岭的羊角村设立过分防羊角营。太平天国运动时期，石达开部数万人经过筠门岭转战武平一带，故原名“军门岭”。清朝顺治年间，因为这里盛产筠竹，简称筠岭，俗称门岭。苏区时期，筠门岭是“中央苏区的南大门”。“德华龙”在筠门岭设分支“德华庄”，国外华侨只知有筠门岭，而不知有会昌，不少海外来信只写“中国筠门岭”即可投寄。筠门岭圩边，数公里长的河面上，来往的船每天多达300余艘。

会昌乡村有“迎神祭神”的习俗，如同信丰安西的老爷会，也叫“做会”。一般每个村庄每年至少有一次，多的有几次，年年如此。民间传说，明朝成化（1465—1488年）年间，有个名叫金垒的人在贡江边撒网捕鱼，总是网起一段木头，于是他把这段木头带回家，将浮木中间的一段雕成赖公像。知县梁潜亲题匾额“赖公祠”，后因祠庙周边翠竹郁郁葱葱，遂改名“翠竹祠”。明朝正德（1491—1521年）年间，南赣巡抚王守仁来此，翠竹祠从此名声大振。清代同治四年（1865年），翠竹祠大规模扩展修缮，上方高悬巡抚王守仁题写的“功泽弘庇”鎏金横匾。

三、想到手工艺

麻州当地有句俗语：“曾邹陈罗蔡，各人打死各人埋。”说的是原先麻州人不团结，这几姓小姓在农田争水、在留山争山的纠纷中，会说出这样的赌气话。而“欧文李谢，没人

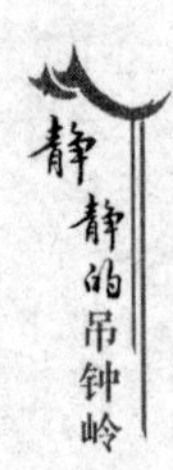

敢惹”（谢与惹的土话都是谐音），因为欧、文、李谢都是麻州的大姓。这让我想起安西以姓氏划分的传统手艺的行规。

安西许多人都掌握一技之长，各有谋生之道。比如大到铁匠、木匠、石匠、篾匠、泥瓦匠、缝纫匠，还有铸铁、制犁、制锅、瓷器、陶器、青砖、白瓦、红釉厂、酱油坊等，小到米筛、簸箕、圆桶、斗笠、罩篱、筷子、补锅、钉秤等林林总总，其分工一般都以屋场或姓氏为主。一个屋场每个家庭做同一门手艺，子承父业，代代相传。女孩子出嫁，夫家却不把女方的手艺传承下去。

岗背村的刘姓人扎猪笼，猪笼分为横猪笼和直猪笼两种。不管横笼还是直笼，都是先把篾削细从笼底做起，笼孔扎成六个角的胡椒眼形状，然后才编笼身、笼口，最后扎笼闭，按上鞘。此外，他们还做类似的鸡笼、竹篮。月光村的月光寨下张姓人做犁、牛丫，石坳殷姓人做泼篮。龙水村的龙水人做尿桶夹、籦掐，野猪窦人扎扫帚。桐梓村的罗排人编草席，张天塘人做木锅盖、豆腐箱架，陂头塘江氏做米筛。田垅村的军田高、车头、坎子下蓝氏人打铁。香山村大自然人做箩盖、巴巴搭子。兰塘村的秀段人做畚箕、做瓦，圳内人榨馊粉干、做麻糍。大星村的孙屋下胡氏做火桶。热水村的东坑人做罩篱。禾星村的长岗岭下人做箩筐、籦比，竹坑背人鱼箩。热水村的龟湖人做扁担、锹棍……

兰田村的石足塘张氏做饭籦、圆桶、尿桶、浴桶、脚盆，主要工具为虾公须、车花钻、圆方锉、刨子，他们会在饭籦上写上“木不生香”，特指使用杉树木料的饭籦蒸出的米饭无异味。张祥正老人讲，原先屋场里100多人做饭篼，目前只剩下2户人家在做了。以前，提角箩、拄拐杖去各个屋场的往往是乞讨人，当地有句消极的话说“找陈田方人，去提角箩讨饭”，因为做米筛、簸箕、角箩的是陈田方江氏，收入微薄。江氏人做簸箕一天能做二三对，每块一尺五寸、一尺七寸的规格都有。江勇师傅讲，屋场里现在有10多家人在做。兰田吴屋寨背、打子丘人做斗笠，而斗笠里面的那个帽圈却由邻近屋场的大竹园人做，帽圈原本由吴屋寨背、打子丘人配套完成的，因为这两个屋场的客女嫁到了大竹园，而大竹园没有手艺人，他们就把斗笠帽圈分给嫁出去的客女人传下去，让她在夫家更好谋生，但约定帽圈只能卖回娘家屋场人。吴五崽师傅说，屋场里有112户500人，人人都会做斗笠，一般一天能做两个斗笠。他家已有四代做斗笠，可是现在屋场里仅有两三家在做了。竹子从虎山乡土仔坳买回来。一个斗笠有疏细大小之分，最小的14圈篾，最大的21圈，大多18圈。吴述南师傅说，外地来屋场里落户的人也可以学做，这几个屋场都可以做完整的斗笠。

四、翻阅族谱

2008年，我在一家企业做宣传主管，招聘了一位家住晓龙乡田尾村的助手名叫刘显发。我于2017年去晓龙之前联系了他。那天我去到田尾村，他的父亲刘义流已在刘屋祠堂等我。村干部安排了原村支部书记刘义洪（60多岁）、刘健安

（70 多岁）带我去祠堂查阅族谱资料。

刘氏郡望共有 33 个，堂号 334 个，历代刘氏宗谱均记载了刘氏“三祖遗训”（三帝遗训）。刘氏“三祖遗训”，在国内外刘氏族姓中广泛流传，赢得了广大刘姓宗族的认同，已成为他们的共同族训。刘氏祖训诗为：“骏马骑行各出疆，任从随地立纲常；年深外境皆吾境，日久他乡即故乡。早晚勿忘亲命语，晨昏须顾祖炉香；苍天佑我卯金氏，二七男儿共炽昌。”我查阅了 2012 年修订的《会昌刘氏》、1996 年修订的《刘氏族谱》以及《湘濂刘氏三修族谱》，会昌刘氏的郡望为江苏丰县（彭城郡）和江苏沛县（沛郡）。彭城郡在会昌的堂号有彭城堂、藜光堂，沛郡在会昌的堂号有友睦堂。

彭城堂的庄口镇上芦村宋朝坑刘氏，从福建武平县东留乡迁入，开基祖为广传公第七子巨波公后裔刘谨海，元朝至大四年（1311 年）开基，支脉分布在小密乡莲塘村秀段，文武坝镇勤建村大湾。大排村三坑口、刘浏湖，从会昌县城迁入，为明朝正德年间开基。筠门岭黄坌村的刘氏，从福建武平县万安镇小密村迁入，开基祖为广传公四子巨渊公后裔刘良，明朝正统十年（1455 年）开基，支脉分布在筠门岭湖段村，寻乌县澄江镇江贝村。

藜光堂的会昌县城南外社坛下，从瑞金象湖镇塘背迁入，开基祖为广传公十一子巨河公后裔志一郎公、志六郎公，为南宋嘉定年间开基，支脉分布在周田镇小田村。县城高山脑的开基祖为彦一公，为南宋庆元三年（1197 年）开基。麻州镇下堡村的刘氏，迁到文武坝林岗村大莲塘，开基祖为祥凤公，明朝嘉靖二十四年（1545年）开基。文武坝水西坝的刘氏，从安远县版石镇迁入，开基祖为广传公次子巨泉公后裔克文公，明朝万历三年（1575年）开基，支脉分布在文武坝镇白石村石门。周田刘氏从象湖镇塘背迁入，南宋嘉定年间，志一郎公、志六郎公二兄弟先迁县城社坛下，文海公、文斌公二兄弟后迁周田小田村，开基祖为志六郎公系下五世文斌公孙，元朝至正年间开基，支脉分布为周田长岗村、周田村、河墩村沙陂塘，筠门岭大湾、营坊村井背，珠兰乡芳园村等。麻州镇的刘氏从县城高山脑初迁，后迁麻州镇张公排，再迁齐心村榴村，开基祖为良臣公，明朝成化十五年（1479年）开基，支脉分布为庄口镇白沙村猪凹湖、站塘乡站塘村，文武坝镇林岗村大莲塘，广东平远县石正。

友睦堂的会昌西江镇刘氏，原居江西泰和县龛溪，后迁会昌承乡莲塘尾海螺，衍五世到清华公，再迁承乡油坝谷溪，此后迁入西江镇兰陂村，开基祖为源明一世祖后裔盛公，明朝洪武年间开基，支脉分布西江镇火星村、安远县版石镇、瑞金市万田乡。

田尾刘屋祠堂，也就是晓龙农民武装暴动旧址，祠堂为清代砖木结构民居，一进三栋，占地面积260平方米。康熙四十七年（1708年），渲房遵模公和澄房亮辅公两房的子孙商议捐赀一千余金建造宗祠以祭先灵。其祠直出三栋，门首通两力的牌坊石、石照墙四围的空坪，系古迹基址，后又置祠左厨房一所。后有赞廷子孙祭运悠等人捐银二十余两修祠，修祠时供茶果、备酒席。后来，田尾刘氏在老祠堂边上又新建了一座祠堂，祠堂内，一幅对联“白水流芳护彭城，子孝孙贤承祖业”，横批为“世代荣昌”。田尾刘氏自二十三世起字辈排行命名择字为“礼义家声振，忠良庆泽长；书香恢先绪，万世绍芬芳”

据《湘江晓龙刘氏东房四修谱序》记载：晓龙最早于明成化十四年（1478 年）第一次修谱，再修于万历四十三年（1615 年），三修于清乾隆三十五年（1770 年）……晓龙刘氏世家先是从宁都县黄潭到宋委，太帽公由瑞金塘背迁徙会昌为晓龙始祖。太帽公生得章，得章生黄道、明道两兄弟。黄道生成甫，成甫生龙三，龙三生茂贞，茂贞生文海、宏海东西二户。明道生良甫，良甫生凯七，凯七生贵贞，贵贞生志清、志贤，前后分开东西二房。东西二房自明迄清合修二十八世，迄今 80 余年（四修谱的时间跨度），四修谱是有东房祖文海公十四世孙行壮兄弟俩牵头修，因西房未参与，东房一房为己任，命其子星明及汝明赞修，请家塾数月写成谱稿，捧书请人作序。修谱时间以东房为准。

谱中写到晓龙刘氏居处有扶桑浴感池，日出照耀九区，“紫霄光灼，中天五色，四时为春，春之为言‘亻春’也。道德光明同，礼义家声振……”东房的子女孙子宓昌、友挺、秀象居此，为晓龙刘氏巨族。文海生子五个，即日渊、日浩、日淅、日滨、日浴，日渊、日浩、日浴传了数代后而止，日滨未续传后代，惟有日淅生下遵典，遵典生子四个，即日峿、日峋、日峰、日碗。他们繁衍于晓龙远近间，迁徙居兴邑松山排的日峋子孙最盛。日峰去世，埋葬的地方有桥，附凤攀龙，有盼青云而奋翮之感。过后，一位穷困、辈分高的族长组织举行宾筵而觞，数日之内过世归土，族人伤心实甚，见其妇、子无衣食，便帮助他们。后来，晓龙族人定下了一个规矩，伯叔兄弟死后，不能视为路人，族人要服孝，以表对生者之情，要宰杀禽犊，以牛祭墓，也可当其盏酒块肉供生人受用。如见子孙或争肉拆祭或酗酒犯偷盗卖祭田，众族以不孝之行径惩之，祖宗有灵决不庇护。

晓村有处九里凹，距村咫尺之遥，为闽粤通衢故道，往来人群如织。晓村先祖刘世常在这里建了一处茶亭，烧茶水供行人解渴。康熙五十一年（1712年）年冬，刘仪瑞与一帮亲朋好友杯宴之余，邀他们一起来到九里凹游玩，其族弟刘学署、侄子刘文明看到这个废旧的茶亭即将倒塌，建议刘仪瑞遵前人之嘱重建，刘仪瑞欣然从命。数日后，刘学署不惜远行来邑再次同刘仪瑞相商建亭一事，刘仪瑞敬领前言，命其子、侄至此，在旧址的基础上兴工建造茶亭。族人以刘仪瑞之名取了亭名：仪瑞亭。之后，茶亭做了侧室数间，为烧茶人居住。茶亭落成后，远近村人皆大欢欣。刘仪瑞又爰换、新置田业两处，收入耕租支援烧茶人，以便让烧茶人安心持久烧茶，另外田租收入用以修检茶亭，愿以后之子孙也要修葺之。

渲公房遵模公在晓村等处遗下粮山，载额山粮三升五合。五龙山有鹅嵊庵场一所，小眉山上下有庵场两所，曙云山有马屎窟庵场一所，竹林山的天龙寨脚下庵场一所。晓龙口对面的望江狮形处，是安葬宏海公的地方。界址为来龙、石人

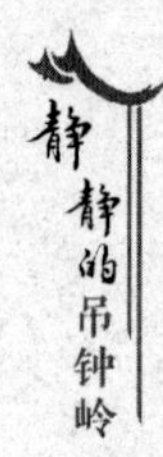

凹后龙崇，以顶尖峰为界。上手为铁炉潭面一上去齐石虎、陂水口、社坛背一直上去为界，下手齐塘背、坝冈大路为界。宏海公遗下庙门口的埠头一处，晓龙口水湖庙一所，本村水口寺下石墩、古庙一处。下以大河堪四址，狮形上首铁炉上下，载额河粮一升二合正，渲、澄、湛三房平纳。

晓龙刘氏五修谱为民国初年，这里面应有我太公的记载，虽然我无法知道他的名字，也无从确认哪个是他，但他的名字将永远留在那本族谱上。时隔 80 多年后 1990 年，晓龙刘氏六修谱。农村再修谱，本姓男丁皆捐款，对于未捐款的家庭，其谱线不再延续，从此终止记载。

我想，今后我应该向孩子讲述这里的故事。纵然我父亲不在这里出生，纵然我根本不认识这里的乡亲，纵然我未见过安葬在这里的祖辈，但这里带给我的踏实、宁静和澎湃，我在别的地方却无法深切体会，因为这里有我血脉里流淌着的原乡之情。

散落的印象

同年寨曾经矗立峰顶的九层电视塔，属于乡里村外最高的地标性建筑，它既用于扩大广播电视发射传播的范围，又成了一个郊野游乐的好去处，如今完成了它所肩负的历史使命，成了千家万户的美妙记忆。

一、白鹭是个村

我问父亲，爷爷当初为何改成钟姓而不改别的姓?

父亲被我一下子问住了。

我想起了有着“积善成德”传统的赣县白鹭古村，村子里的男丁皆姓钟。

白鹭村是时间散落的墟土，起源于一个空灵的传说。唐代宰相钟绍京第十六代世孙钟兴，以养鸭为业，某天躺卧草木碧叶连天的山沟地里南柯一梦，一群白鹭鸣歌纷飞，落下

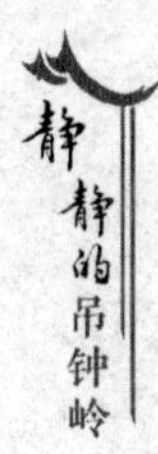

软便击中其头顶。他自我解梦聊以自慰，“头中鸟屎——日后行时（行好运）”。果然，此后每只母鸭每天竟能生蛋两个。他眷恋这块形似半月的风水宝地，筑起棚庐安下家，取名“白鹭”。讫今为止，古村2000余人，几乎皆同祖钟姓，一个家族就是一个村子，同样的方言习俗，同样的淳朴虔诚。他们勤劳和睦，修善积德，历代传行。

早在商周时期，白鹭村四周已有人迹，历经唐宋渐次添丁，还聚居中原南迁客家群体。多建于明清期间的房屋和祠堂，垒青砖铺灰瓦，透着客家民居独有的清气。白鹭祠堂古宅69座，王太夫人祠、恢烈公祠、钟氏宗祠、兰善堂、保善堂、佩玉堂、洪宇堂、文锦堂、绣花楼、福神庙等尤为典雅别致，串联成“一天池、二义仓、三元宫、四逸堂、五福地、六角亭、七姑坛、八角井、九成堂、十字街”。被誉为“大观园”的恢烈公祠，安放着北京故宫唯一流落民间的金砖，给白鹭村镀上几许神秘的光环。

白鹭村钟姓家族耕读并举，创造财富，重教崇文，仁德润于身，撰有自己的《增广贤文》“农而优则商，商而优则学，学而优则仕”。他们“传家忠和孝，兴家文和德，持家勤和俭，安家让和忍，守家遵法度……”书箴堂雕刻了两句祖训：“书可读田可耕二事均宜着意，箴有辞铭有训两端均要留心。”明清盛产俊才硕彦、官宦名士，个个光明磊落，文采飞扬，门庭院内，金匾对联琳琅满目。清翰林院编修钟音鸿敬撰“世代谱华章，德满乾坤夸独秀；昌明居仁里，恩沾雨露共尊荣”，清皇室成亲王赞颂正蓝旗教习官钟崇倌“秩序昭宣，弥纶广大；文章挥霍，倾吐宏深”……其文化底蕴之深厚，着实令人瞠目结舌。

白鹭村敬重膜拜一座女性祠堂——王太夫人祠，列村史馆名人榜首位。按道理，封建时代女性是不能涉足祠堂的，死后也不能将其牌位供奉在祠堂内，为何王太夫人却是特例？原来王太夫人系钟愈昌副室，相夫教子，扶弱济贫，临终前设立义仓，交待儿子钟崇俨每年备一千担义谷用于赈灾济贫。义仓名曰“葆中义仓”，成了救难济贫的专门场所。王太夫人的事迹被报朝廷旌表，朝廷特下懿命，诰封王太夫人为大恭人，诰赠太淑人。王太夫人乐善好施的德行感人肺腑，白鹭村便建了这个祠堂纪念她。

无疑，王太夫人祠是一道积善成德的音符，扣住无数后人的心弦；它又如一道疾逝的闪电，划破沧桑，穿透红尘，让人如痴如醉，如虚如幻。它没有达官贵人的权势，没有灯红酒绿的奢靡，有的只是美好愿望。它像壶浓烈甘甜的擂茶，带着普通而珍贵的情愫，潜藏于内心深处，滋润柔肠，激荡灵魂。白鹭人传承了王太夫人善举，建慈善文化纪念馆，设教育基金会，奖赏考上大学学子，厚于德、诚于信、敏于行。

白鹭村史记载，王太夫人儿子钟崇俨也是个显赫人物，他曾任浙江嘉兴府知府，后来又被恩赏二品顶戴，他引进浙江昆剧，衍生成了赣州东河戏。有出东河戏叫《三娘教子》，似“孟母三迁”如歌如泣，一路弹奏，或凝思，或神伤，时而高亢，时而低沉，时而如急雨，时而如煦风。有了东河戏，便有了灵魂，有了情调，有了共鸣。它既是心灵休憩的乐园，

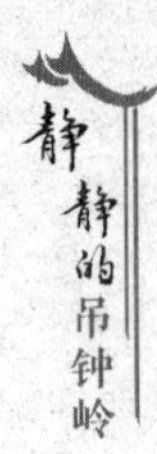

又是情感勃发的载体。白鹭村人听了《三娘教子》，自然想起王太夫人的嘉言懿行。钟崇俨倡导东河戏曲目，促进了王太夫人声名远播，可谓“琴音山水宏先绪，书院杏坛启后昆”。

日月红乎天，草木青乎地，“钟鼓乐之，喜庆鸳鸯对舞；瑟琴调矣，高歌鸾凤和鸣”。白鹭村男女婚配多是相亲而来的，媒人从中撮合，皆大欢喜。婚宴中，少不了叫“芋包”的佐餐小吃。以前，因“芋头番薯家家有”，不宜待客。清朝年间，村里有个叫钟谷的知府，每次返家省亲，会捎些白鹭芋头回去结交人情，因此，白鹭芋头一时被奉为席上佳肴。“白鹭芋头上官席”消息盛传，打破了芋头不登大雅之堂的规矩。往后，村里人逢大喜事，芋包必先上。芋包做法简单，先剥芋头皮加上薯粉，洒入细盐、葱花搓匀，做成鸽子蛋大小，热锅油炸，趁热食用，柔韧滑口，清香不腻。白鹭芋头，外观奇特，肉质洁白。民谣唱道：“八月初一，芋子生日；镢头一响，芋子蓬长……”

成家立业，理所应当。白鹭村人为祈求“早生贵子”，每年举办抢“打轿”活动，场面热闹祥和。正月初七，白鹭村人点燃“彩灯笼”“彩纸船”“彩纸轿”，从“世昌堂”整队出发。一群赤膊后生，簇拥“井”字型木架——“打轿”，进到祖祠堂上烧香叩头。礼炮齐鸣，锣鼓喧天，众手高举“打轿”，三起三落，齐吼三声“发！发！发!”人潮涌出祖祠，勇士们你争我夺，欲把“打轿”抢到手。抢“打轿”轮番交叠回合，持续通宵达旦，终见分晓。最后，各路勇士齐聚获胜人家庭院，相互握手拥抱，开怀畅饮糯米酒庆贺。

日光向曙，照亮晴空；圆月洒地，拉开夜幕。每年中秋佳节的“火烧瓦塔”，是白鹭村纪念祖先当年为反抗元朝暴政传承下来的独特习俗。瓦塔用青砖黄瓦砌成，四孔塔门高可容身。四个大汉叉着松枝杉条，洒上食盐和硫磺，点火烧瓦搭，遍体通红，烈焰腾空。数百观众涌动，放爆竹、吹唢呐助威，声音震天动地，闹至天亮才收工。

融入这目迷五色的“火烧瓦塔”世界，谁都会抛弃尘世的杂念，悉心倾听瓦塔边的奏乐。或许，瓦塔终有一天会消失，但那博大的情怀，已渗进血脉源远流长。那些与瓦塔有关的细节，脱离了一般意义上的唯美，成了一种精神的崇高，指向英勇，指向不朽。

年轮一刻一息滑动，白鹭村若隐若现。人们从记住乡愁开始，还原它最初的真实模样，更迭它过往的坚实足迹。

二、湖江古色染花香

与白鹭村遥相呼应的名乡重镇——湖江镇夏府村古朴风雅，桃花岛千里飘香，充满诗情画意，别有一番情趣。

这个赣南水上“北大门”，滔滔赣江贯穿而过，两岸青山风景秀丽，因其古代水路交通要冲的特殊地理位置，成就了这里烟柳繁华的辉煌历史，人文景观丰富，名胜古迹颇多。夏府村，作为湖江的一个村落原本是平常不过，然而，它开埠于南北朝，因地形取名“下釜”，先后易名为“下浒”“下府”，上演过清明上河图式的繁华，其分量就显得举足轻重

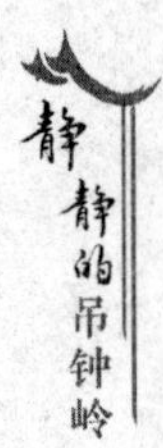

了。不仅如此，自汉唐以来，中原士族因灾害、战乱向南迁徙，经长江、沿湘江、过漓江入广东。到了唐开元四年（716年），张九龄凿通梅关，一改溯赣江而岭南的迁徙路线，夏府就成了这条线路上的重要驿站，自然也成了客家人南迁的首个落脚点。此外，这里诞生了抗倭名将戚继光的祖上、“江南才子”谢重毅等几位名人，涌现过一批名宦乡贤，大文学家苏东坡、明太祖朱元璋、清乾隆皇帝、太平天国石达开、中华民国开创者孙中山……都与它结下千丝万缕的缘分。江南保存最为完好的客家宗祠群，足以印证夏府村历史悠久、物华天宝、人杰地灵、声名远播。

走进夏府，就像走进一个客家历史博物馆。

最先镌入眼眸的是古宗祠群，它们与自然山水融为一体，雄伟壮观又各有千秋。譬如，夏府牌坊、水阁楼、桥头庵、古驿道、拴马石、古码头、十八花厅遗址和抗战时期的夏府中学、兵工厂、被服厂、戒珠寺、回龙阁、思母亭等古建筑，以及大量诗联题刻，皆深刻地凸显出先人们智慧和勤劳的印迹。

我惊叹夏府宗祠群别具一格的建筑风格，古朴凝重的气息扑面而来。飞檐翘角、雕梁画栋的戚氏总祠追远堂，抬梁式硬山顶、三开间三进二井的戚氏房祠聚顺堂，砖木结构、五开间三进二井的谢氏总祠敦五堂，还有两进一天井的十八花厅，石柱楹联、名家题刻在斑驳陈旧中尽显沧桑之美；“麒麟狮象”“琴棋书画”“龙凤呈祥”等雕刻绘画，表达出客家人对美好生活的向往，这既是建筑艺术珍品，又是夏府村人才辈出的象征。遥想夏府村当年，一定是江面停满一艘艘木船和一排排木筏，岸上是祠堂分宗、街巷纵横、店铺林立、酒肆遍地、春楼座座，人群熙熙、摩肩接踵、歌舞升平、通宵达旦，难怪苏轼留下了“十八滩头一叶舟，清风吹入小溪流，三生有幸复游此，莫把牟尼境外求”的优美诗句。

夏府村居有戚、谢、欧、肖、李五姓人家，我似乎明白了流传已久的几句话的含意：“戚家的铜锣响，谢家的金子碗，欧家的烂板船，肖家的枣子园，李家的李打铁。”原来，谢家子弟大多当官身着乌衣，欧家从事航运船多，肖家从事种植业枣园多，李家从事航运及农业用工具的制造和打铁行业。这还与“世封侯爵”有关，汉高祖刘邦时武将戚鳃因守界有功被封为“临辕侯”，又因明代戚继光抗倭有功，故戚氏宗祠为“世封侯爵”。这样，留下了许多名人、名句、名联等就在情理之中，称之为“江南第一祠”也实至名归。也正是因为它独特的地理位置和这些历史文化遗产，使得夏府村上升到“千里赣江第一村”的高度。

千里赣江第一岛——桃花岛，为赣江江心第一岛，离章、贡两江汇合处不远，背靠半月山峦，前临一弯赣江，形如半岛，四面环水，江面波光粼粼，与大湖州、三面环水的夏府古村，形成了一个藏风聚气的空间。

早在明代，一何姓人家登岛开发，建房安居。乾隆年间，又有谢、许族人迁入。从此，何、谢、许三姓人家，在岛上和睦相处，亲如兄弟。他们勤耕劳作，繁衍生息。万安水电站建成后，岛上的居民便迁到岸上，迁出后的居民平时驾着一叶轻舟，在岛上栽种一些蔬菜和果树，其中以桃树为主。这成为他们独特的生活方式，天长日久便形成了如今的“桃花岛”。进入21世纪，“桃花岛”名气越来越大，桃、李、枣、柚、柿、柑橘等果树，春季果花竞相开放，争奇斗艳，彩蝶双飞，蜜蜂忙碌，林间百鸟欢歌。每年的2月底至3月下旬，青山绿水、鸟语花香、风光秀丽，形成了一条赣江画廊。

从洲坪渡口登上渡船，几分钟后便可到达桃花岛。平静的江水如镜子般任微风激起阵阵涟漪，宽阔而清澈，映在水中的倒影一行行、一簇簇，红的、粉的、黄的、白的……全是桃花的世界，一阵风吹来，桃枝微颤，香味沁人心脾。桃花岛，远看似一抹粉霞、一片浮云，隐隐闪耀着点点粉红色的灵光。那小巧玲珑、细小娇艳、圆润轻滑、白里透红的花瓣，丝丝分明的脉络，仿佛能感受到它那有韵律的跳动，由深红到粉红再到纯白，最后甚至于透明般的凌空了。头上、肩膀上、甚至伸出的手心里都留有桃花的身影，那种浪漫简直就像在童话世界。

大湖洲为赣江第二岛，位于赣江上游十八滩中最险的一滩，洲上土地肥沃，盛产红瓜子、芝麻、花生、烟叶。岛上原居有陈、李二姓，原岛农民喜文好武，十分团结，是典型的客家风貌。长期以耕种及为船导航为生，尤其是导航绝技，可说是洲上男子汉的拿手本领。洲西侧是“黄泉滩”，滩礁多水急且流向多变，故有“船过黄泉滩如过鬼门关”之说。每当上下船到此，定请大湖洲的“滩师”导航掌舵，以求平安过滩。

大湖洲在土地革命战争时期是东西两岸居民的交易区，更是苏区的联络站和物资转运站。当时，大湖洲的赣江东岸是红军根据地，西岸的夏府是国统区，而大湖洲居江中，虽属国统区，但两岸及岛上群众和过往船只，利用联姻结亲和船只停靠之便，不顾风险、想方设法将国统区的食盐及其他紧缺物资转运到红军根据地，故而商人云集，成为繁华的贸易之地。当地群众介绍说，在湖江境内，有赣江大河、5条支流和86处库湾，人工养殖水面达1.6万亩。湖江最具特色的要数蜜饯、豆粑、鱼丝、夏府枣，被称之为湖江食品“四件宝”。

华夏开府夏府美，湖江风光陶人醉。

三、“畲”上添花

我的后奶奶姓蓝，畲族，生于雩都某个乡村，具体是哪个村庄，她从未透露过，她年幼时就离开了雩都。掌握不了任何寻找她那边的线索，是我人生中的一件憾事。因而，我对畲族同胞有一种解不开的情结。

在信丰，有四个畲族村，安西镇的田垅、正平镇的球狮、古陂镇的太平、嘉定镇的月岭。田垅在这四个畲族村中，属颇具特色的一个。

若以安西圩中山公园遗址为起点，沿西南乡村公路过去约6公里，看见绘有“凤凰”图案的高大牌坊，就进入了田垅畲族村的地界，就能听到从安西汉民流传于田垅畲民的山歌对唱：

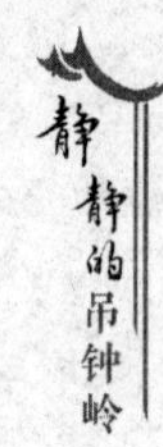

1

男：打只山歌过横排，横排路上石喱喱；对面老妹有手段，打双草鞋送喽喱。

女：打只山歌过横排，横排路上石喱喱；对面大哥想鞋子，快点给捱砍担柴。

2

男：高山岽高好偷凉，好比老妹一张床；南风吹来齐眼歇，北风吹来秀秀凉。

女：高山岽高一树槐，手搿槐树望郎来；娘向女哩望地给（什么），捱望槐花几时开。

3

男：高山岽高打张台，年年读书我会来；今年读书失了砣，明年读书考秀才。

女：新打耀扇（窗户）四四方，打开耀扇看月光；月光还在天脚下，酿（哪）得一夜到天光。

4

男：老妹唱歌好声音，当得吹箫弹胡琴；箫子吹得冒干好，胡琴弹得冒干明。

女：对门娇娇去人家，草帽不戴手来拿；戴烂草帽郎会买，晒坏人头害自家。

5

合：沧海桑田新田垅，村风和谐人文明；省市表彰年年有，全国也能评先进。

合：安西秃岭转了青，果业开发富了民；脐橙小镇早建成，四海飘香胜黄金。

明洪武年间，蓝氏先辈念五郎公（即克昌公）生有多子，长子传泰、三子传嵩、五子传恒和六子传清，他们从福建永定县古木督迁至赣南信丰安息堡（田垅）等地开基立业。乾隆四十六年（1781 年），田垅建起蓝氏宗祠，遂为至善之地而不迁，后裔子孙视克昌公为桃江蓝姓始祖，南康、上犹等地，以及广东韶关的部分畲民，也是从田垅迁徙而去。在某些程度上，邻近畲家繁衍生息的本原，毫无疑义归结于田垅。而至今，田垅村安居乐业的人家共有 482 户 1937 人，其中畲族 249 户 996 人。

田垅有一条始建于明代的驿道，从香山通往虎山玉带桥，经村 3. 3 公里路段，穿越金田高屋场，昔日客家人迁徙回流，畲族先民南下北上，在麻条石、鹅卵石铺成的通道上，驻留着时光的久远和沧桑。作为香山脚下东边的村落，田垅被香山群岭环抱，香山的高峡幽谷和群峰丛林，抬眼一望，同样有着“远近高低各不同”的意象。村东大门的客家围屋、护围沟还在，城墙枪眼也可见。清代的民间吊脚楼，倒影在河道的流水中，装进了人们的记忆里，但它依然婷立浮现，清

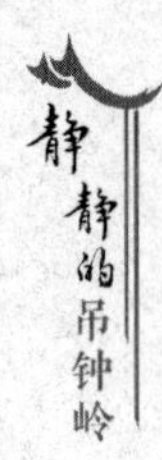

晰如昨。半个世纪前依山而建的“瓦寮”，搭配吊脚楼，集中连片，高低错落，古色古香。“瓦寮”以石头砌成，架横木，铺木板，叠土砖，盖青瓦。村中遗存的三座蓝氏畲族祠堂，门面上石版浮雕，技艺卓越，栩栩如生，祠内雕梁画栋，飞檐翘角，做工讲究，透出明清年代的古朴气息。田垅那些江南风格的群体建筑，可以窥视出中原文化传播过来的余韵以及畲家文明与智慧传承的遗风。

田垅畲汉人民唇齿相依、和谐相处。畲汉相亲的姻缘，滋长出传统手工艺放出异彩，譬如，大湾里祖传做斗笠，手工制作毛签；大竹茔做竹篮、火筒、竹椅；方田里做圆桶、饭蒸、木锅盖。民俗馆里，展示了村里的民族风俗、农耕文化的实物，那些畲族服饰、刺绣、彩带、高山靴，以及油壶、酒壶，还有田犁、石磨、犁耙、竹耆、打草鞋用具等，让人睹物思人，感慨万千。“和谐畲族”文化墙上，绘制的畲族图腾、来历、迁移、婚嫁、老爷会、劳动生产的场景，笔墨丹青，神采飞扬。逢年过节，畲族妇女穿上色彩缤纷、做工精美的“凤凰装”出入村寨，成了一道亮丽的风景。

农历三月三，田垅畲族村民过乌饭节。当天，畲族人云集宗祠，自晨至暮，对歌盘歌，怀念始祖，并炊制食用乌米饭，他们用原始传统和祖辈流传下来的独有民俗欢度节日，弘扬“忠、孝、礼、义、仁、廉”的家风、家训，传承畲家民俗优秀传统美德和畲家文化。村民敲锣打鼓迎接远道而来的客人，人们可以品呷到原汁原味的山歌对唱，畲族人表演的马灯舞，可以欣赏到畲家青年举行婚礼、祈祷敬拜仪式的整个过程。在歌会上，畲族姑娘、小伙一起跳竹竿舞，节奏明快，风情万种。乌米饭、麻糍、艾米果、卤姜、糯米酒、杨梅酒、马奶子酒等各种小吃，可以尽情品尝。田垅村自2009年举办了江西省民族村首届“三月三”畲族乌饭节以来，更是声名大振，底气十足。2017年的田垅“三月三”乌饭节，迎来了游客4万多人次，让人们叹为观止。同样，安西独特的“老爷会”，也在田垅畲族村盛行。每年农历八月十六，村民抬着请来的“老爷”到各个小组去巡游，各家各户在门口放鞭炮迎接，庆祝年年丰收，祈求“老爷”保佑全村风调雨顺、生活越来越好，祈祷家人平安健康、家庭和睦、百业兴旺。家家摆宴席，邀请亲朋好友来家里做客，来的客人越多，主人就越高兴。畲汉人民欢聚一堂，整个畲村沉浸在一片欢乐之中。

田垅畲族村同别村一样，拥有“七山半水半分田、一分道路和庄园”。村里森林资源、水资源丰富，林地面积9000多亩，森林覆盖率80%以上，山水田园风光秀丽，与香山地质公园、赣南脐橙产业园融为一体。田垅村新农村建设整村推进，成为乡村旅游示范建设重点村，发展脐橙主导产业，种植了荷花、桃花、蓝莓、山茶、食用贡莲基地，绿化了以银杏、映山红为代表的民族景观大道。结合乡村旅游，农耕体验、文化传承、健康养生、生态保护，发展休闲观光农业，打造“江西省畲族风情文化综合示范旅游度假区、绿色果蔬采摘园、脐橙产业示范园”……为县里“十三五”期间重点规划打造的“美丽乡村”示范点和乡村游“4A”级景区。田

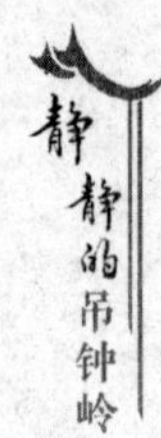

垅畲族村先后被授予“全国民族团结进步模范集体”“中国少数民族特色村寨”“全省文明村镇”“全国文明村镇”等荣誉称号。田垅，不啻为一个“畲”上添花的样板村寨。

在田垅畲族村，有个叫王桂英的畲族媳妇，人们亲切地称她为“丫头妈”。她出生于1947年10月，父亲做过小学教员，她出生后父亲就去世了。1950年，3岁的她跟随母亲罗细姣从广东潮汕一路逃荒，来到安息公社田垅大队陈坑小队落户。

她的母亲嫁给陈坑一位长工蓝启文，自然，她就做了蓝启文的养女，取名蓝秀秀。她年少时上了脱盲班，天生聪慧，识字、算数、打算盘，样样一学就会，做了生产队的记分员。继父与她母亲婚后未再生育，20岁的蓝秀秀招来了一个本屋场的上门女婿，叫蓝祥权。她和蓝祥权同龄又同姓，按当地风俗，同姓结婚是不被允许的事，因此，家里改了她的姓，叫王秀秀。但本屋场已有人取了“秀秀”，母亲想到了她是农历八月出生，八月桂花香嘛，就改成了王桂英。王桂英夫妻生有三女一男。

1969年，时任大队书记的围里屋场的王荣华推荐王桂英担任了大队妇女主任。1998年起，她担任村党支部书记、村委会主任。她心系村务，情系畲民，先后获得“全省民族团结进步模范个人”“全省‘致敬2009’十大致敬人物”“全省新农村建设先进个人”“全省乡村公路改造先进个人”“全市劳动模范”“赣州撤地设市以来‘十大感动赣州人物’”“市县优秀共产党员”等荣誉称号。

20 世纪六七十年代，王桂英一家住在村边上的土房子里。养了十来只灰鹅。平时，她除了赚工分，就是饲养鹅，卖鹅蛋、仔鹅换油盐钱。屋下方右边有个茅厕。在信丰农村，每个屋场都有这么个公共茅厕。陈坑的公共茅厕就是在坪地的晒场旁。村里人往粪坑里倒烧柴灰、扫出来的灰尘，或者倒些乱七八糟的东西。王桂英就在茅厕边搭了个草棚，圈养群鹅。

40 多年前，第一株脐橙树在安西试种成功。从此，赣南脐橙便成为农民们脱贫致富的希望。于是，田垅村庄农民逐年种植脐橙，脐橙树成了全村人的“摇钱树”。当初，王桂英找到邻村的技术能人给村民授课，从改良土壤、施肥、防治病虫害到保花保果的技术。她对脐橙有着深厚感情，把种植脐橙变成了一种乐趣，每隔一两天就要到脐橙基地看看，就算下雨天也要坚持。她围绕农业“灌溉难”的问题，用足用活“一事一议”政策；她围绕群众“饮水难”的问题，积极争取上级支持，发动群众集资，新建了自来水工程，率先在全省民族地区实现了组组通公路、户户通自来水的目标。每年的“乌饭节”举办得都很成功，游客量逐年递增。

2008 年村委会换届前夕，王桂英病倒在工地，换届选举时，村民们依然投了她的票。她倒在卫生间里，住进了县人民医院，在重症病房一躺就是两个多月。当她醒来时，留下了严重的后遗症，嘴巴张不开、左边肢体失去了知觉，处于半瘫状态。可她坚持在书写板上写下了“田垅”。在中央民族工作会议暨国务院第六次全国民族团结进步表彰大会上，她

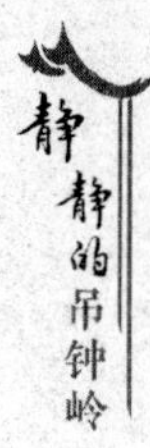

被国务院授予“全国民族团结进步模范个人”荣誉称号。

“丫头妈”的接力棒传给了刘凤英。50岁的刘凤英不懈地为“畲”上添花，全村老小都亲切地喊她“接生婆”“大媒婆”“管家婆”……

四、香山行吟

田垅畲族村的背后是香山。

香山，似一尊倒立的香炉，无数春秋造就了它的旷世奇景。

小时候，我听大人讲起香山，就充满无限遐想；年过不惑，我登临香山，别有一番滋味。2016年初夏，信丰县拍一部本土旅游爱情微电影《香山恋》，剧组选中了我扮演香山脚下的一所小学校长，许多外景圈定在香山。开拍前夕，我对香山的前世今生费了些心事去探究。

香山海拔近800米，横跨安西、小江、虎山三个乡镇，峰林、奇石、陡崖造型奇特，地层泥盆纪石英砂岩、古近纪砂砾岩满山遍布，形成了雄、奇、险、幽、美等“十景”。据《信丰县志》载：“香山，在县南八十里，峰九十有九、小溪十八、产异药，有鹰石、三天门、绵香石、蜡烛石、龙湫诸胜。”

正是桐梓花开时节，香山天日吞吐，云霞清幽，空清气爽，花飞满地。那天一大早，我同拍摄组一行去到香山踩点。我们选择了从西边小江镇柳塘村上香山，约了原村支书邓东方做向导。我们来到香山脚下的山香屋场，小组长江师傅捧出《信邑龙坪江氏族谱》。里面记载了香山的兴废及重建之事："香山高以仙为名，水深以龙为灵……山中有一处龙潭，用来抗旱祈祷。山上有芝草等药物，病者得芝草不旋踵。"还载入了信丰籍举人、浙江衢州通判曹明在明成化四年（1468年）写的《建香山记》，他在详述了香山建庙的经过后盛赞香山。信丰籍明贡士、永宁县教谕俞琳，明万历十九年（1591年）秋月，他回归乡里，见香山美景，徘徊不忍离去，由衷地发出感叹："与山僧偕行，寻其胜概，第见其水自岭层而折，不窃凝瀑布泉不过是焉。其石有类人者，有类物者，有类飞者，有类立者……此山佳景，图中备矣……"

我们听到一个民间传说，说香山是一个朝官见之下马的地方，山下有河名龙迳河，龙迳河中有许多巨大的鹅卵石，相传古时有仙人准备将龙州圩的鹅卵石变成猪赶到龙坪圩去修建州府，走到半路上遇到龙坪人，问有无看到一群猪，龙坪人回答只看见一堆石头，于是石头又变回原形，留在了龙迳河。明代有诗写到龙迳河的情景："屹然捶立苍天畔，一炷蜿蜒此护勤。次有龙蟠频舌乖，办回鹧羽点治文。秋空营过新添火，石冷烟疏半接云。长向天门终不烬，东风射我众芳薰。"

窑岗村与柳塘村交界处，山路旁有一处"仙牛迹"。传说，从前安西的农田需要用小江龙坪烧出来的石灰，安西人挑石灰过岽十分艰辛，有一天，一个安西人正在挑石灰过岽，有位神仙下凡到半山腰上，看到他们喘着大气，浑身汗湿，

问道："老兄挑石灰上崇，辛苦吗？"谁知此人生性乐观，唱道："上崇当得过横排，下崇当得唔成开（挑的意思）；唱支山歌过个坳，就是神仙难当伢（我）。"仙人听后哈哈大笑不见了。后来，人们发现泉水旁石壁上留下了一串清晰的仙牛迹印，方知神仙来犁路以方便百姓通行。从此，这个山坳被叫做"仙牛迹"。

我们登至半山间，群峰崔巍，怪石林立，望见一座形似巨鹰的奇石耸立在悬崖之上，它鹰头朝东，神情严肃，仰望着天空。邓东方说，老鹰石高约 11 米，宽约 3 米。这块巨鹰石与另一巨石相距近一米，形成了一道 10 余米高的一线天，缝中夹一个卵状岩石，时有坠落之势。传说，一日巨鹰停息在大石之上，产下一卵，不巧该卵滚落两石之间的夹缝中，巨鹰无法将其取出，只得站于巨石之上，日夜守候，如此年复一年，竟化成了石像。正如诗云："凌霄展翔热赐多，恬淡深山冷涧何。漫折矢弦疑石虎，甘依荆棘蹲铜驼。肱挥偶与顽童狭，株觞何妨狡兔过。物我两忘真自在，悠悠岁月任消磨。"

邓东方指着不远处竖插树枝的石头告诉我们，那叫"撑腰石"，他打趣说，只要在这里往石头缝中插一根小树枝，就可以减轻自己的腰痛。我们走到此处，从地上拾起树枝插上，算是对自己的健康许下一份祈愿。撑腰石过去，石壁和岩洞星罗棋布，峡谷上方落差近二百米的瀑布，多叠层次飞流直下，三个似禅修的大岩洞，能容二三十人，这些洞取名为"哀道人岩"（即今名仙人洞），岩石处尚存"万山道人选岩住入”字迹。《石仓志》上说：“岩曰哀道人，在香山九十九峰之巅，深广可坐数十人，旧传有羽衣坐其上。”“昔人见百鹤翔集，各止一峰，其一廻旋无所止，群飞去，巅有哀道人岩。”

这时，摄制组的张鹏飞即兴念起了一首古诗：“山最清奇水更幽，甫登绝岩复临流。邃谷只言多虎伏，深潭何幸有龙游。潜臧鳞甲遵时晦，喷簿蜿蜒给物求。对此低徊不忍去，炎炎九夏若三秋。”女主角小范也兴奋地以古诗应和：“山以仙名信不讹，此中遗迹亦应多。我思选胜寻残灶，客喜探奇见烂柯。石窦乳垂穷岁月，洞门云锁老藤萝。特筇缓步寻归径，可许余生再复过。”洞外岩壁上迎客松林立，野花开满四周，野果一地散落，着实给我们奉上了一场视觉盛宴。

我们沿着古石径路往上攀行，脚底下的落叶发出窸窸窣窣的声音，尽管汗流浃背，但回味一路经过的老鹰石、撑腰石、大岩洞、龙潭瀑布，一阵轻风吹来，顿觉神清气爽，步伐也变得更加轻快。

古之名山必有寺。海拔 560 米的香山寺，是赣南历史上有名的禅寺。据《赣州府志》载：“香山寺，在信丰县南八十里，建自唐以前。寺在山顶之曲，山高二十余里。五六月间，僧或衣棉絮，飞雾时罩。殿宇上有祖师阁，望邑治如斗。”“淡月，乾隆中，柱锡信丰金盆山寺，好吟咏。同时有餐雪者，居奉真观，后自署优昙精舍。常往来香山寺，一时名流相与唱和。”可见，古代名士纷纷前往香山寺探幽，一睹它的神秘。明成化五年（1469 年）何让、康熙三年（1664 年）杨

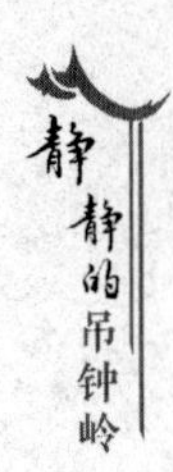

宗昌、乾隆十六年（1751 年）游法珠等多任信丰县令几度观香山寺，明代状元伦文叙、罗洪先，进士董天锡、罗钦顺、吴百朋、廖庄、龙霖、汤显祖，名士俞琳、黄戴玄、黄文汾、俞雍、俞嘉哲等先贤都曾宿香山寺。

以前，香山寺叫净侣庵，曾任县尹的何让率当地勤农辟草莽来修葺，过后，僧侣上山并力创置门廊，将殿庑佛像修葺一新。完工之后，江君通泗与他的儿子曰敏、曰俊、曰澄，担谷子到寺上供佛饭僧，以续延善士，这样往来，寺庙香火就旺起来了。香山寺规模大，寺院分上下两殿，两边设厢房、厨房、膳厅，皆为白墙黑瓦。围墙由石头和青砖组成。门前地势平坦，有数亩粮田，周围有一片深壑高林，鸟语此起彼伏，其中淙淙流水，跟花鸟相映成趣。我们看到的香山寺是一面由石头和青砖组成的围墙，保存得比较完整，墙角还生长着一丛彼岸花，随风轻摆，似乎暗示着香山寺曾经的繁荣景象。

历代文人墨客纷纷作诗吟咏，留下不少脍炙人口的诗篇存世。我之前从《信丰县志·文儒》中查阅到了黄戴玄（即黄九洛）作的二首诗。信丰的黄戴玄，为大史闰之八世孙，满腹经纶，才华横溢，以“应例”“入南太学”，取得贡生资格。他作了一首《初到香山寺》曰：“到来筋力倦，不敢厌高深。山寺初投足，岩泉久在心。残烟杂夜气，明月射寒林。宴坐松扉掩，殊无夕磬音。”另一首是《宿香山寺》：“云山留我宿，枯淡亦逍遥。焰细灯明灭，寒深月寂寥。游无嫌屡日，话不禁通宵。何计常来此，随缘乞一瓢。”

还有清康熙年间的信丰新田名士黄文汾，也写过一首关于香山寺的诗，诗曰："穿云行鸟道，拾屐步禅堂。日转松梢上，阴移涧水旁。微风生远壑，清磬出高墙。欲把诸峰数，谁能九九详。"此诗先描写上香山寺的情景：穿过云雾行走鸟道（山高），收拾好鞋子步入禅堂。然后写所见：阳光在树梢上旋转，树荫在溪水边移动。微风从远远的山谷中吹来，清越的磬声传出寺院的高墙。最后写这里山峰之多：要是数这里各座山峰，谁能把九十九峰全数尽？他与弟弟黄文澍同为"贞堂九子"，清顺治康熙年间参与修编《赣州府志》，著有《奇字考》《制艺稿》《云畦诗文集》。

与香山遥遥相对的是观音山，半山腰有块高约 39 米的巨石，形似超凡脱俗的观音，遂取名为"观音坐禅"，它如雕似琢，拱揖打坐、泰如自若，从不同角度看，形态各不相同。石刻诗《观音坐禅》云："色相端严复俨然，跏趺此地是何年。近观自在心无碍，修证圆通身任迁。欲仗山魁聊坐因，同古佛遂安禅纤。不染清风拔灯彻，琉璃日月悬嵯峨。"又有石刻诗《求子中窝》云："何年设的在山阿，以致人人竞中窝。侧体必求心内正，茸身岂论项颇峨。拟招仍践大人迹，中石非关猿臂多。德至即能珠玉掌，胡劳波背对中窝。"那烟岚雾霭之下，群峰深壑之间，人迹罕至之处，不知隐藏着多少未解之谜，这让人禁不住展开漫无边际的思古之情。

观音山寺红墙碧瓦，气势恢宏。青石台阶如同天梯，从山脚直至寺前天王殿。大雄宝殿、地藏殿、观音殿、藏经楼、钟鼓楼、云水堂、五观堂一应俱全。从古至今，每年观音会，周边人络绎不绝，敬仰观音文化，传承祖辈善良的情怀，延续着对环境、人文、生态的一颗博大慈悲之心。倘若夜晚站在寺门，遥望万盏明灯扑面而来，乡村夜景尽收眼底，真有“万灯朝观音”之感。

登临观音山山顶，四周山色一览无余。满山遍岭的杜鹃花、枫树，镶嵌在莽莽香山的襟带上，如云似锦，风姿绰约，气势非凡。谷雨节前后，红、紫、橙、粉、白的杜鹃花，姹紫嫣红，分外妖娆。枫树呢？枫叶在春夏两季都是绿色的，到了秋天就会变成红色，这是因在春夏季节，枫叶中的叶绿素较多，所以叶子呈绿色。一到秋天，枫叶禁不住观音山低温的影响，产生新叶的能力逐渐减退，绿色素渐渐消失，而胡萝卜素仍然留在里面，所以枫叶就会变红。观音山历经无数个春夏秋冬，造就了旷世奇景和博大精深，让人们情不自禁地迷上了它。

如今，香山被列为江西省级地质公园，以砂岩微峰林地貌为主的香山园区，包括观音岩、老鹰岩、蜡烛石、将军岩、龙抬头、微型石林、大型峰墙、峰丛、奇迹石、刀劈石、峡谷等地质遗迹景观。以丹霞地貌为主的三宫山园区包括单体石柱、侠女岩、丹霞嶂谷、凯旋门等地质遗迹景观。此外，公园内还分布叠瀑、凤凰瀑、飞龙瀑等水体景观。香山地质公园与赣南脐橙产业园、田垅畲族文化村、铁山下特色民居相互辉映。

春秋季节，众多游客择一晴日去到香山，来一场不可或缺的赏花、观枫之旅。

五、禾江谢冬节

老爷会，成为信丰河东片独特的民俗节日。万隆乡禾江村有个谢冬节，这一习俗也已流传数百年，是信丰河西片一个独特的民俗节日。

禾江谢冬节起源于何时未有具体考证，但从相关史料中可以印证其悠久的历史。地处信丰县西南边陲的万隆乡李庄村，与广东省南雄市界址镇交界，清康熙三年（1664 年），李姓从福建上杭、南雄界址迁入，祖上有金马公、火德公，禾江村由李庄村剥离出来，初始只有几户、十几户人家，至今已繁衍生息了 15 代，李姓人家在此人丁兴旺。为了纪念李氏先祖功绩，庆祝秋收冬藏，禾江人便定于每年农历十月十五日举行以“感谢”为主题的谢冬节。

“冬，终也，万物收藏也。”说的是秋季作物全部收晒完毕收藏入库，动物也已藏起来准备冬眠，代表着冬天的来临。这个时节，气候一般并不太冷，晴朗无风之时，常有温暖舒适的“小阳春”天气，作为客家民系的禾江人，他们没有“冬眠”之说，却有“谢冬”之习。

禾江村谢冬节，一般要热闹三天，农历十月十四日开始，至十六日结束，而十五日这天属于正日。谢冬节前几天，家家户户将米舂成粉末，主妇张罗着把筐箩摆在桌上，用开水把米粉和成粉团，掺入熟芋头，然后捏取粉团搓成丸，烧热油锅炸成香喷喷的“包芋头团”。十五日一大早，家庭主妇先盛一大钵，早餐全家人先食用，中午留以待客、敬客，象征亲友团聚、家族和谐。这天早上，禾江各家各户的小孩手执竹子，到祠堂大厅领取小三角旗，跟随长辈举行祭祖仪式。村民们身穿节日盛装，抬着“猪头”、举着“长龙”，敲锣打鼓，龙狮欢舞，一路鞭炮连绵不绝，去祖厅祭拜祖先，而后沿村小道游行祈福。祭奠仪式结束，家家户户抱来南瓜、冬瓜摆成“丰”字，寓意五谷丰登，祈求来年风调雨顺。他们集中在晒场上摆桌子，端出花生、粉皮、米果、糕饼、柑桔、脐橙，与应邀而来的亲朋好友分享，感恩冬临，其乐融融。

谢冬节中，放河灯是颇具特色的活动之一，最引人注目的当数“瑞狮引龙”。它是万隆乡一种五节龙和单人狮在唢呐、锣鼓等吹奏下，组合表演的民间舞蹈，当地又称“狮带龙”，起源于清代道光初年。每年春节期间，人们舞龙拜年、喜迎新春、祈运祝福，在谢冬节上，理所当然地派上了用场。为了增加仪式的庄重和热闹，族主请来舞狮艺人和本族的舞龙人一同表演，龙腾狮跃、狮舞龙飞，场面热烈而祥和，可谓“锣鼓一响满场欢”。禾江谢冬节的宴席上，食物丰富，有鸡、鸭、鱼、肉等荤菜以及自家栽种的各类素菜，狗肉是一定要吃的，因为这叫“冬补”。冬吃狗肉的习俗，据说是从汉代开始，汉高祖刘邦吃了狗肉，觉得味道特别鲜美，赞不绝口，从此民间形成了冬至吃狗肉的习俗。禾江村人在谢冬节这一天吃狗肉，以求来年有一个好兆头。

禾江谢冬节这一习俗，已经融入到生活的方方面面，引起人们高度关注，社会各界人士接踵而至，感受谢冬节温馨、喜庆的气氛。摄影家们在这里留下了许多珍贵的瞬间，媒体记者写出了精彩的报道，将禾江谢冬节的“乡愁”情怀传播得更远。

六、远眺寨上

万隆寨上村以“红石”出名。

寨上村以前叫寨下，因与崇仙乡的寨下同名而改，像信丰“一山跨三乡”的香山一样，因安西先有个香山村，小江香山脚下的小学则改为香山小学。寨上村人从清朝开始，以红石为主建筑色调，建屋砌墙，垒堰修渠，打石磨，凿石槽。由红石门、红石窗、红石地板、红石台阶、红石门槛、红石角板、红石墙组成的古宗祠、古民宅，红翻了天。

寨上村有个田垅里屋场，一座宗祠右侧有一栋古宅，楼墙上写有许多标语，屋场里有处长条形红石石碑，刻有“驻马泉——古井”传说的碑文。

清朝嘉定年间，铁石寨山脚下一马平川，古田园垅里村在此耕作，安居乐业。至清道光年间，连年大旱，河水干涸，稻田龟裂，颗粒无收，村民一筹莫展，只好到附近的关帝庙求神祈雨，恰好有一位仙女路过田垅里，看到众生苦难，心生慈悲，当晚，回到天庭偷了王母娘娘一颗珍珠，投到田垅里，化作一口水井。第二天清晨，村民起来后，发现村子里突然冒出一口水井，井水清凉，饮之甘甜，他们欢天喜地，奔走相告。有了井，解决了村民的饮水问题。而仙女因偷盗

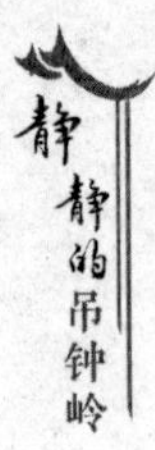

珍珠被王母娘娘打入凡间，化作一座石山，即现在的铁石寨。

太平天国年间，常有广东南雄的土匪来此掠夺财物，村民们只好连夜搬到铁石寨居住并依托山之险要，多次击退土匪进攻。后来，太平天国部队路过此地，经过两天激战，终于把土匪降服，还当地村民于清净。据说，当年石达开部队路过此地时，曾驻扎在田垅里，在一井边上打桩栓马，以便打井水喂马。当地村民遂给这口井取名为“驻马泉”。

铁石寨，犹如一头巨大悠闲躺卧的雄狮。在山顶上俯瞰四周，寨上村、红星村、田心村、万隆村、立新村、高坎村及小河镇志和村、正平镇球师村、咀头村的风光一览无遗。

万隆乡文化站原站长李汉晟说，铁石寨旁边，是正平的嘴头村（原太平村，即狮子嘴的意思），嘴头村有个屋场叫太平里，山后背有座山叫太平寨，球狮村有个屋场叫石狮背，都与铁石寨有关联。寨里有石门遗址。山上马条石上还有制造火药的石凿、石孔。铁石寨有东南西北四个寨门，最早是畲族蓝姓居住。据传当年太平军在这些地方安营扎寨，有练兵场、屋基，十多公里长的土战壕、土墙、炮眼，太平军来了后蓝姓迁移，或李家人丁旺盛，蓝姓人家不得已离开。寨上的过路坑（观音桥），又叫红军小道，通往球狮、庙下、走马龙、油山。当年红军在这里休整，类似于赣南四整中的“整纲纪”。

据多位老人口述，万隆有位乳名叫李公炮的人，生于1900年，是李氏金马公后裔，族长。他人高马大，娶了一位乳名叫黄毛鸡仔的女子为妻，三年后女子病故，未生小孩。

李公炮与妻姐郭金女之夫李旦一（大塘埠人）做烟叶生意（万隆、小河一带盛产烟叶），往返于南康、梅州、南雄、界址等地。之后，他们同万隆圩的火德公后裔、族长李晴天，还有一个在车田洞屋场做糕饼的叫李木才的人联合，继续做烟叶、笋干、布匹等生意。

他们送了烟叶换回笋干，把银元藏在笋干里，沿途不拆不卖笋干，到了南康（李公炮的老家在南康赤土）把笋干卖掉，再调进南康的夏布、围巾、红绳子、针线，然后到信丰的大塘埠、小河、万隆和广东南雄的界址等地贩卖。

黄毛鸡仔去世后，李公炮住小河岗岭，后迁至秀师屋场，娶了小河高竹坝的王孝禾为妻，其岳父王生为一名法官。李公炮继续同李旦一操持“烟叶”旧业，以发脚（即做生意的监管人）角色，请人打肩担，把货物从小河运到万隆的五渡港，过界址、经全南运送到梅州交易。有次，他从小河圩“发脚”，因天气炎热，挑夫走在前面，他在后面边打扇子边跟上，经过五渡港的八丘田（也叫八丘仔，现在的坝首。原先五渡港水库外面由五条小河界址、石店、龙头、李庄、廖宗支流合成一条水系，架设四个渡桥，称作“五和亭”，为先前的水上交通驿站）时，遇到一伙蒙面人拦路抢劫，抢走了他们的烟叶。这下可急坏了李公炮。

李公炮找到他的岳父王生出面摆平。于是，王生出具了一个以请当地协助调查劫匪的公函到南雄的对口部门，暗地里派出卧底打探那伙强盗动向。三天后，烟叶原封不动地送回来了。

后来，李旦一不知被何人出卖，被当地恶势力追打，只得躲在桃江河大塘埠河段的一个瓦窑里。一天，下大雨，山洪暴发，瓦窑倒塌，他被压身亡。当时，他的妻子郭金女怀着四个多月的身孕。

为证实此事原由，我追寻到大塘埠。

1993 年底，我因采写一个关天特种养殖题材的作品，去沛东村采访一位民间蛇医李启修。当时他送了两瓶（打吊针用的玻璃大瓶子）蛇酒给我，其中一瓶放在我老家一个厨柜里。去年冬，老房子被拆，这瓶酒还在，我把它收藏起来了。

时隔 24 年，我与他再次重逢，可谓“无巧不成书”。

李启修一家与李旦一的后人联系得密切。李启修的爷爷是李旦一的大哥。李旦一去世半年后，其妻郭金女生下孩子，取名叫李丰湖。之后，举目无亲的郭金女在李公炮等人的劝说下，改嫁给李旦一的弟弟李旦兴。他们先后生下两男一女。

在村里一棵古榕树的侧边，81 岁的李丰有住在一栋四扇子间的老房子里，这栋房子为李丰湖所建，他曾在这里住过，在这里读过小学。

郭金女的娘家在小河镇河口村，有八姐妹，她排行第二。万隆村的郭岁岁过继给郭金女的父母。李丰湖在 20 年前写给郭岁岁的养子郭石的一封家信中提到：

我的外婆一共生了八个女儿，带大四个，出嫁后先后去世两个，均无子嗣。只有两个生了男女，留了后代，除了我母亲外，还有一个嫁在大塘下坝村。我的外婆守寡几年后，听别人说，后来改嫁了，那时，你的父亲过继给了我的外婆家。他把我外婆家（河口）的房子卖了，回到万隆乡盖了房子。这也好，你能与父亲一起生活。你过继到了外公的名下，我早听说了你继承了他的财产，卖旧房建新房是可以的，名正言顺，无可非议，看到你们姐妹团结，生活很好，我很高兴。河口郭姓正在修族谱，你要把这条线牵下去，上下接通，使他们后继有人，这样才对得起先辈的在天之灵。你们姐妹都成家立业，养儿育女，生活得很好，我很高兴，希望你们勤俭持家，勤劳生产，发家致富，把小孩养大成人，成家立业，一代胜过一代，世代昌盛……

郭金女过世后，李丰湖以前每年清明节会携家人回老家扫墓。李丰有一家很少与李丰湖一家联系，为什么呢？据说，在“文化大革命”时，组织上安排的一位人员调查李丰湖的材料，他看到了李丰湖的家史，其中看到了李丰有提供的某些与李旦一事实不符的笔录。提到李丰有，李启修很生他的气。

李丰湖曾在信丰工作多年，20 世纪 80 年代调往邻县，现已离休。

李丰湖在给郭石的信中还提到：

1995 年，我想回万隆看看，后来因某些原因也就没去成。我想今后不太可能去万隆了。

我母亲嫁到李家两三年，我父亲就去世了。那时，我还在我母亲的肚子里，父亲就不在了。后来我母亲又同本屋场的一个男人结婚了，后生有两男一女。我们同母异父共有三男一女，都是由母亲一起带养大的。“文化大革命”后我下放回家，我们兄弟分了家，母亲跟我吃住，由我一人供养她老人家，由我一人埋葬她，做有一座坟墓。每年我尽量回一次去祭奠她老人家。我们屋场里的人都说我是一个孝子，无论她生前还是去世后，我对母亲都非常孝敬和怀念，我祝母亲在天堂里能够安详幸福。

母亲一辈子勤劳生产，节俭治家，把我们兄弟姐妹都送去读书。除了我在外面，还有一个弟弟和妹妹在外面工作，只有一个弟弟在家里种田。他们养儿育女，小孩都长大成人，成家立业，都有工作，生活都还好。我已离休，还有一些老年工作要做。我的身体还好，大问题没有，小问题还是有的，我的妻子现已退休在家，身体也还好。我们生有三男一女，他们都成了家，都各有了孩子，他们的工作、生活都好，一切都很好。

我自己盖了房子，每年春节，这些孩子都会回来过年团圆一下，平时就很少在一起，有时回来一下，马上又要回工作岗位，很少在家里住。有时，我们会去他们那里住一段时间，不久又会回来，我们觉得住在家里更习惯。

你们兄弟姐妹要加强团结，共同把生活搞好，你不要看轻他们。逢年过节，要互相走动，这样大家就会说你们的好。人生于世要取得一个好的名声，一个好的影响，给后人做一个好的榜样。

尽管李丰湖在信中提及他父亲时只是一笔带过，但信息量是很大的。我有理由相信，李旦一做的那些善事不会被忘却。

七、信丰阁小记

以“寨”为名的村庄，在信丰县有许多，像一座座贮藏着无数历史宝藏的富矿，激发人们去探幽。处于嘉定镇西南侧游州村的同年寨就是其中之一，它亘古久远、博大精深，以时光赋予的独特姿态，耸立于众人的翘首盼望中。

在《信丰地名志》中可查阅到同年寨的确切位置：“在东岳庙西 2.5 公里。东西走向。东靠张家岭，南接长岗下，西连李家坑，北依刘家坑。”这意味着同年寨是一座名副其实的山寨。“同年”作何释义呢？顾名思义就是“年岁相同”，即被赣南客家人俗称的“结同年”。相传，1853 年，洪秀全的一支义军在山围寨驻军，为扩充实力招四方义士结拜兄弟（结同年）。因此，“同年寨”这个名称沿袭至今。尽管《信丰县志》未对其记载，但有“太平军围攻信丰城”的纪略，能从大背景当中佐证出“同年寨”的相关履历。

游州村原名为“游洲村”，意为“上游之洲”，因原先这里时常涨大水，村民期盼良田、良土不再被水淹没，就把“游洲”的“洲”字去掉“三点水”。这一改果然奏效，再没涨过大水了。后来游州土地肥沃，物产富饶，连沙坝土也能产出萝卜，民间称游州“泥土插根筷子都能长出萝卜”，“烟台的苹果，莱阳的梨，不如信丰游州的萝卜皮”。抗美援朝战争期间，爱国的游州人民把这里种植出的萝卜晒成萝卜干，慷慨地捐赠给志愿军战士，萝卜干成为了志愿军战士在雪地

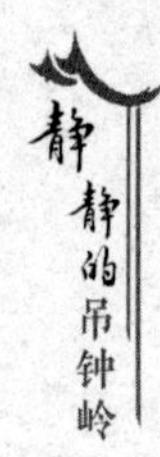

战场上的美味佳肴。游州村人杰地灵，开国中将曾思玉、革命烈士郭一清，以及恢复名誉的黄达……皆出生于游州村。一方水土养一方人，游州村的贤人盛事，与风光无限的同年寨有着千丝万缕的关联，已被世人铭记在心。主峰海拔 350 米的同年寨遗存着历史文脉，明代邓友诚在《南山东观二首》其二描写了同年寨："去郭西南二里许，洞天深锁碧云闲。宫商律按风前籁，水墨图开雨后山。此地紫芝何处得，昔人黄鹤几时还！不须远向武陵去，流水桃花总一般。"我们可以想象得出来，早先的同年寨充满了几多诗情画意，令多少文人墨客心驰神往。

同年寨与滔滔桃江水、悠悠南山岭前呼后应，同南野谷山、红色油山一脉相承，城镇的古貌新颜、乡村的田园风光、绵长的京九铁路、宽敞的高速公路，尽在它广袤的视野中一览无遗。走进同年寨，松林遮天蔽日，百鸟啁啾。微风起处，层层叠叠的大树有序地摇摆，犹如琴弦在拨动，演奏一曲欢快动人的乐曲，使人立刻进入无限的遐想中，感到生命的充实、心灵的自由、人生的坦荡，受到一种精神的洗礼和净化。同年寨曾经矗立峰顶的九层电视塔，属于乡里村外最高的地标性建筑，它既用于扩大广播电视发射传播的范围，又成了一个郊野游乐的好去处，如今完成了它所肩负的历史使命，成了千家万户的美妙记忆。

一条向西北延伸的盘山公路，通往一山衔三地（嘉定、大阿、正平）的谷山，它与同年寨像是一对知己知彼、心心相印的"同年"。俗话说"来得早，不如来得巧"，信丰县把谷山、同年寨的深情厚谊珠联璧合，重点建设16.5平方公里的“谷山—同年寨森林公园”，以谷山、同年寨区域为主体，以油山、正平球狮区域为两翼，发展以生态休闲、养生度假为主的绿色旅游基地，为城市品味的提升锦上添花。谷山—同年寨森林公园于2016年6月开工，主要建设内容为景区公路、游步道、绿道、山顶信丰阁建筑群、停车场及游客服务中心等。时隔一年，县里在同年寨山顶广场举行了“信丰阁”开工奠基仪式。

信丰阁建筑群是公园的核心景观，这座七层高的信丰阁就自然而然地替代了九层高的电视塔，这里头“七”“九”的寓意却颇具讲究和意味。信丰阁建筑群分别由阁、台、亭、廊等建筑组成，以信丰阁为首，紫亭为尾，用廊将阁、台、亭连为一体，其整体形态犹如巨龙，伏卧于峦山之巅。其中，取意“人信”的阁，是对“人信物丰”中的“人信”的宣扬和传承；取意“物丰”的台，台中置鼎，寓意信丰物产丰富；亭，用信丰历史名人甘士价的字号“紫亭”命名……纵观中国历朝历代，上至皇宫，下到州官县府，几乎都修建楼阁，用来纪念大事等。而当今，以“人信物丰”著称的信丰大地上的信丰阁，承前启后，继往开来，有着非同一般的境界。

大凡名胜古迹的闻名，离不开名人的诗文书画去画龙点睛。像滕王阁因王勃的《滕王阁序》而闻名，黄鹤楼因崔颢的《黄鹤楼》而闻名，岳阳楼因范仲淹的《岳阳楼记》而闻名。“远在天边，近在眼前”的江南第一宋塔——大圣寺塔、玉带桥，都是响当当的“国字号”重点文物保护单位，处于塔侧的“赣粤边三年游击战争纪念馆”馆名由原中顾委常委陈丕显题写，“玉带桥”由信丰籍在台著名画家张笃孝题写……笔墨丹青生光辉，一片冰心抒情怀。土地革命战争时期，陈丕显在主力红军出发长征后，跟随陈毅等突出敌人的重重封锁和包围，进入赣粤边游击区，进行了艰苦卓绝的三年游击战争。张笃孝先生出生于嘉定镇，从小喜爱绘画。他遍游祖国名山大川，以娴熟的水墨丹青为花王牡丹作传神写照，形成了中国当代画坛独树一帜的“张氏牡丹”。同样，“信丰阁”也有其别致的文化品味，这让人记起祖籍湖南凤凰城的著名书画家黄永玉，为什么呢？年俞九旬的黄老跟信丰颇有姻缘，他 19 岁时来到了信丰，在同年寨邂逅了因战乱来到信丰的广东姑娘张梅溪，赢得了姑娘的爱情。信丰融入了黄老的爱情故事，不啻为同年寨的一段佳话。出生于信丰的著名作家郭晨，擅长历史题材纪实文学和影视文学创作，其中《特殊连队》被邓颖超、杨成武、童小鹏等老一辈革命家赞赏。参与创作的电影《开国大典》获中国电影“百花奖”“金鸡奖”“政府奖”；“赣南红色题材”电影《红小鬼》是由他的原著改编，许多外景在同年寨拍摄而成。郭老担纲执笔《信丰阁序》，其意义之大不言而喻。

信丰如此多娇，引无数文人竞折腰。远的不说，仅 2016 年，信丰就举办了“毛泽东同志在信丰”——纪念毛泽东同志诞辰 123 周年全国书画大赛优秀作品展，艺术家们用书画艺术形式表达对毛泽东无限尊敬的特殊感情和永远跟党走的坚定信念。信丰还举办了首届 2016 赣南六县非物质文化遗产摄影作品展，全面、生动、直观地反映了赣南深厚的非遗资源。诚如是，“信丰阁”的旅游文化盛宴，果真人文荟萃，群贤毕至。

心若在，梦就在，同年寨与未来同在。

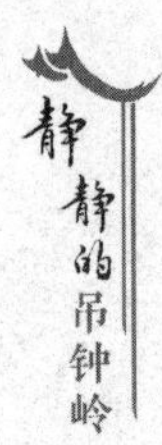

老家的称谓

父亲笑嘻嘻地对我说，老家年过八旬的堂爷爷发话，邀了妹妹全家人过来做客，我异常惊喜和激动。此刻，妹夫正给祠堂“彭城堂”牌匾系上鲜红的中国结。

一、还乡随感

吊钟岭是我爷爷生命中的最后一站，奶奶的第二故乡，也是我父亲的故乡。它算是我的故乡吗？

都说，埋葬了亲人的地方，就是故乡。这，我信。

我的履历表籍贯一栏中，我一直都填“江西信丰”。我称我的出生地为“老家”。每年春节，我都回老家。

2001 年，我到南方一个城市谋生，大多情况下只能春节回一趟老家，远没有衣锦还乡的风光。我脚底生云还乡的节奏，比奔跑的火车还快。每次回家的感触都相同——一出站台，许多似曾相识的面孔，让我努力搜寻记忆线索，熟悉不过的乡音，让我体味到这才是真实存在的乡情。

老家年年在变样。2015 年年末，天晴朗，风劲吹，我进入村子，沉睡一冬的农田缀满红花草，散发芬芳，煞是好看；窄小的泥巴路已经变成了水泥路，笔直宽敞，各式车辆进进出出，井然有序；一座新拱桥横跨河面，水清见底潺潺流过；榕树长高且愈发茂密了，树底下垒起了石桌石礅；老祠堂没被规划拆迁，保留了下来，修葺一新，厅堂放置祖牌、香火炉，纤尘不染；村落间那些小二层楼，像城里的院落雅致扎眼；不知谁家的黄狗，乖巧地摇头摆尾，前闻后嗅我的裤脚；栏舍里的水牛，悠闲伏地咀嚼干稻草。老家虽不如鲁镇、湘西、商州、高密那样故事层出不穷、景观清秀瑰丽、街巷精巧玲珑、传说千奇百异，但它在我眼前却活灵活现地展现出自身独特的美感，深深浸润着我的视觉、听觉和嗅觉。

除夕之夜，大红灯笼高高挂，连环鞭炮噼啪作响。母亲戴上袖套、系着围巾忙碌年夜饭，动作十分麻利，表情格外和蔼，亮出九道拿手好菜。母亲两鬓的白发、额上的皱纹，清晰地钻进我的眸子。母亲主内有方，节俭持家，这顿年夜饭，承载了她几多苦与乐。

“健康平安、幸福美满、吉祥如意”，这些人世间最真诚美好的祝福，彻底感染了我。我把这种思乡情结、牵挂和担当，转化为“常回家看看”的身体力行。某年春节前，我在 QQ 群里倡议成立屋场公益事业基金会，组织“记住乡愁、精准扶贫”主题活动解留守老人、小孩忧愁，帮贫困家庭致富。

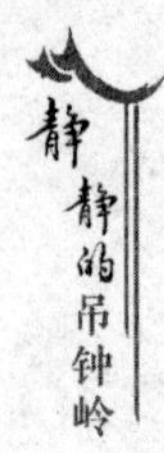

大年初二，全屋场人齐聚，赴大团圆午宴，邀民间艺术团唱采茶戏，龙灯队、广场舞联动助兴。锣鼓敲响，拜年贺喜，男女老少酒歌相随，谈天说地，笑逐颜开。如出一辙的方言俚语，倾注了无处不在的温情，传递出血脉相连、和谐团结的深情厚谊。

那天，我把行囊打得结结实实，决意陪伴村庄一直到老。

二、红单

我进城安家，并非刻意跟风，而是源自我对某些生活方式的需要与向往。可是老上手（祖辈）过滤出来的遗风余思，却未因环境改变而被掩蔽抑或割舍，仍像瓦檐水照旧痕那样注视着我。

一天，长子旗跟我说，他与圆的恋情正在升温。我相信他们的缘分，便接力父亲的言传身教筹划这门亲事。

老家年轻人谈婚论嫁，需沿习一道道约定俗成的程序去完成。譬如在提亲的初期阶段，有个列红单的主题（即商议男方向女方赠送礼金和物品事宜），主要内容围绕当头“彩礼”延伸出一系列项目，大体遵循“有样跟样，无样看世上”的原则。先由女方拟出一份清单交给男方过目，男方若提出异议，需告知媒人男方的经济实力。媒人则据此揣测女方接受底线，力求一碗水端平，从中调和撮合双方达成一致。给聘礼可以在约定订婚饭局中交给女方家长，也可以在新人领取结婚证前或择日归门前给出。

男女双方确定了红单，一旦男方递送彩礼后，就意味着婚约正式缔结，十有八九拍板定盘。若这桩婚事节外生枝，女方反悔，则彩礼要返还男方，男方反悔则彩礼一般不退。这个环节类似《汉书·淮阳宪王刘钦传》记载："赵王使谒者持牛酒、黄金三十斤劳博，博不受；复使人愿尚女，聘金二百斤，博未许。"《长干行》曰："聘金虽如山，不愿入侯家。"

20世纪90年代初，我与赣南同镇邻村的妻相恋，属于自由恋爱。小镇逢圩那天中午，两家约在一个小餐馆敲定红单，分别请来了两个媒婆（形式上作为见证人），爷伯叔哥、婶嫂姨姐共同谋面。岳父把一份红单草稿交给父亲，父亲瞄了一遍红单，随即点头表示认同。我接过红单，妻靠近一起浏览，领衔竖写的一笔"彩礼"金额，似乎是对回报父母养育之恩的概括，接下来的"花生油、稻谷、鱼肉"则以实物标明数量，至于妻身上的衣物布料、"两金"（金耳环、金戒指），还有添置"家具、单车、电视机"之类的条文，妻提议可忽略不计，她说看中的是我这个人。媒婆心领神会，拿起红纸和毛笔套用太古的文书格式，台头写上"喜烛双辉，天禄成筐"，主体内容依葫芦画瓢，收尾添上"天作之合，地久天长"字样，父亲在红单上逐项挥笔签上"准"字。

饭后，父亲端出一块预备好的新米筛，放几叠订金压住红"喜"纸（我们乡下的一种习俗，意思为男方出的钱有板有眼，寓意吉祥如意、喜气盈门），媒婆伸出双手传递给岳父母，说上几句悦耳动听的祝福话。我与妻完婚仅走了"三步曲"（见面、列红单、归门），没出什么意外，还删繁就简了

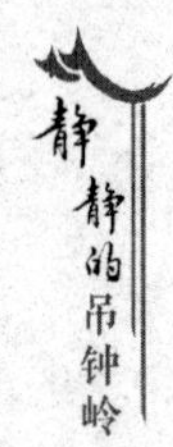

一些乡村老旧规矩。

结婚20周年纪念日时我和妻翻开一张张照片来欣赏，折在里面的红单尤其耀眼，我们霎时触景生情，顿感意味深长。妻调侃说，我爸妈就那么老实，不会多开些彩礼。我也打趣，我爸妈同样厚道，连个头都不摇摇。其实，我早都领悟出这“红单”顺当出笼的缘由，在于双方父母尊重习俗的前提下，仅仅走个过场而已。

我在广州务工8年，一直听不太懂也不大会讲粤语，一方面是我接受新生事物的节拍缓慢，另一方面是儿子旗完成了大学经济管理专业学业，四年前应聘IT公司运营经理职位后随我居住，这样我就保持了坚守老家方言的习惯。

2013年盛夏的一个周日，旗打电话叫我去一家土菜馆吃晚餐。他点好了几道赣菜，边上坐着一位斯文的女孩。旗介绍说，这是他高中时代的女同学圆，在大学里学的是英语，现在一家贸易公司做内勤，圆礼貌地叫我“叔叔”。之后，我知道了旗与圆交往频繁。他们在各自的QQ空间、微信朋友圈晒出一起游玩的生活照、艺术合影。圆的出租屋离我们不到两百米，下班后，她过来和我们一起吃饭。几个月后，她所在的公司搬迁了，她也转移到另外一个公寓，旗把这边剩余的碗筷、厨房用具，以及他的衣物统统搬去了圆那边。每个周末，他们都过来陪我聊天、喝茶或开小灶，然后他们手挽手、肩搭肩地回去。

我把旗与圆的恋情告诉妻。妻听了我的电话，看了我转发的照片，平静地说，旗读高三时，常请同学来家里聚聚，圆也来过好多回，她还进厨房帮我洗菜撑锅，做起家务来看样子蛮利索，我们是不是计划明年冬天提亲？我母亲也坦言，旗上大学那几年春节过完，带圆归过我们乡下玩，这个妹子好灵气好懂规矩，旗可以讨（娶）归她来。

旗对圆的家庭情况了如指掌。圆家在邻镇一个叫竹子的屋场，奶奶年过八旬，父亲走村串户做木匠，母亲跟着哥嫂在广东番禺贩卖蔬菜。旗陪圆去那里后回来说，圆母挺热情，总把好菜往他碗里夹。

2015 年春节，旗加班推迟两天放假，圆和我同天放假，春运期间，火车票一票难求，只能选择乘坐大巴回家。旗对我说，圆常晕车，与我乘同一辆车，这样有个照应。我去了超市买了大兜年货，吩咐她带回去。圆说她跟旗的这层关系，父母还不太清楚，还是旗以拜年的方式提去她家适合些。在车上，正巧遇见旗的一位高中同学，圆和他都相互认识。记得旗和他大二暑假来到广州打工，住在我的出租屋里。他问圆，是在旗家过年吗？她回答，还早着呢。

正月初八，我同一位堂侄返回广州，他说这次为儿子列完红单，心里的一块石头落地了，准儿媳是邻村的，之前与他儿子根本不认识，过两天她就跟着出来寻事做，中秋节回来举办归门仪式，到时要请我去折礼喝喜酒。我问了他红单的一些关键点，他背得滚瓜烂熟，三下五去二地倒了出来，我不由地赞叹他的准亲家“通情达理”。

临近国庆、中秋双节，我把旗和圆叫过来商量，打算到圩上酒店订个房间，双方家长见面列红单。他们几乎异口同

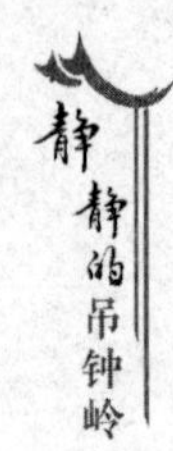

声地说，听你们做父母的。

不久，圆回话说，父母已跟她通了气，去她家里办方便。我欣然答应。

国庆次日一早，我们一行开车过去。堂叔担任回复礼单总管，堂弟做我方媒人。到了圩上，内姐说要防备对方提出聘金要求，我明白她的意思。妻也考虑还是再取点备用金。

经圩上新街，沿乡村公路，过煤渣小道，拐个弯向左行，到了圆的家。她家的亲戚也陆续来了，有的在院子里闲聊，有的在厨房里忙碌。圆的父母泡了茶，安排我们到二楼先歇。我们端出自带的花生、烫皮、瓜子和烟酒等食物，摆放在桌子上。一会儿，圆的一位婶子过来自我介绍，她是我们镇上医院的股东之一，大女儿与我屋场一位客女是妯娌，平时她组织跳广场舞，同我的小姨子是舞友，这次圆的父母委托她做媒人。

散席后，我们在一楼客厅里商议红单。圆父坐上席，圆母站他的背后，叔坐右侧，婶挨他坐。我的堂叔坐左侧，我和小堂叔连着坐，旗和圆像观众一样在客厅走动。堂叔接过圆叔拟好的红单，瞬间睁大眼睛，仿佛百思不得其解，我望了堂叔一眼，他的双眉紧蹙，端起杯子呷了口茶，立马镇定起来，侧身征求我的意见，说："你先看看红单。"我肯定信任他，说："您认为怎么样？"堂叔便轻声念了一遍红单内容："彩礼……恩情礼……见面礼……婚宴酒席礼……四金……亲戚红包……"我看到这一大串数字的"深情厚礼"，与我当初的想象和对比周边行情，用高出十万八千里一点都不浮夸，就把红单转交给旗和圆过目。他们如猴子捡到一瓣生姜，面面相觑，不知所措。

圆叔他们回到席位合议。堂叔圆场说，谈亲谈亲，越谈越亲。圆婶随即回应，圆的父母去了城里，连住的地方都没有，旗和圆先买房子再结婚，不能按揭贷款要一次性付清的那种。小堂叔听了她这番“把握当下，着眼未来”的话忍不住发笑，说：“旗老家农村还有一栋房子空着呢。”我想，再这样僵持下去，也不见得有什么转机，既来之则安之，我就叫堂叔“准”，收上红单后离开。

圆婶的小女搭我们的车下城，堂叔开玩笑问她：“你们这里男方提了亲出门，女方家会不会打发个小红包?”她不假思索地回答：“记得我姐列红单时，我家就包出了红包。”我懂堂叔一语双关，老家有个习俗，客人初次登门临走时，主人封个红包以示尊重，俗话说“包多包少不要紧，有张红纸见人情”，但这次被“改革”了。半路上，圆婶打电话过来，你们还没送聘金呢，要么倒回去补上，要么打到她卡里。

回到城里，我把当天开红单的经过讲给父母听，当然省略了那些不尽人意的细节，父母蛮开心的。父亲说明年正月十一是个好日子可以归门，母亲也说年前蒸好米酒来等她的长孙办喜事。妻跟我商量，反正以后还要添套房子，不如先抓紧找找看。可房价像股票一样震荡，我们紧揣羞涩的积蓄继续观望着。

腊月初，母亲说已煨好了喜宴米酒，想不到旗和圆态度来了个 360 度的急转弯，说慢慢来！旗解释说，我们条件成熟

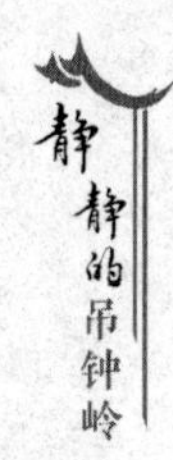

后再办。我生怕母亲的心动过速病症复发，就将旗的决定委婉地推到我身上。

事情往往就是这样，计划没有变化快，旗松一句口我退几里远，这事也就暂时被搁置下来了。

我春节还乡，基本上待家里看书写作，以及陪父母散心聊家常、教小儿子练书法和吹葫芦丝。

旗除夕才到家。初一大早，他说给圆和家人发了祝福信息和微信红包，初五圆会来我们家吃午饭，晚上她乘火车返回广州。但最后还是空等一场，圆并没有过来。母亲异常敏感，悄悄地对我说，是旗没提前去她家拜年，还是她家不见红单“聘礼”动静，以为我们想打退堂鼓而阻止她来？你手头紧张，我这里有点私房钱，还有只手镯凑拢来。我开导母亲莫多疑，等下旗打个电话问问就一清二楚了。

母亲提到的手镯，像电一般触动了我的神经。去年 9 月 2 日下午，妻去学校接回小儿，发现主卧室被翻得乱七八糟，藏在衣柜上层棉被堆里的一个蓝色手提布袋没了，里面装着爷爷奶奶遗留下来的大银元、小银毫等古物，放在箱子里的现金也不翼而飞了。刑侦人员来到现场勘查取证，得出小偷使用万能钥匙打开大门锁入室疾速行窃的结论，可这宗案子至今也未破。

母亲对圆家的猜测果真得到了应验。元宵后，我拨通了圆的手机，她洋洋洒洒地讲了一通：我是农村出来的姑娘，就要听从家里按乡下规矩办事，上次谈的红单，不见你们的诚意，我不是非要去攀比，这却是事实。听你们说买房也无着落，如果你们对我有什么成见，这我可以理解，而旗处事有时拿不出主意，这点让我伤心烦恼。我的父母认可了旗我才能接受旗，看来旗不适合结婚，不如我先提出分手好了。

对于圆突如其来的变故，我是颇感意外的，倘若圆针对红单的履行问题发牢骚情有可原，如她借此挑起与旗的感情“毛病”则另当别论，但愿我对后者的推测不成立。

旗若有所思，说婚姻的密码只有两个人才能共同解开，其他任何外界因素都难于左右，正如提亲红单一样，对于他们而言，原本就存在着一种逻辑错误。

三、婚俗

安西的婚俗，历来颇讲下数，但随着时代的变迁也在移风易俗。

旧时，男女婚事，信奉的是“父母之命，媒妁之言”。我的后爷爷、后奶奶无亲生子嗣，母亲（出生于和尚寺背屋场，与牛角龙屋场相邻）是他们的童养媳。

母亲18岁那年，屋场里的一位媒人凭一张能说会道的嘴巴，穿梭于吊钟岭、牛角龙，“说合”把父亲过继给后奶奶家与母亲成婚。奶奶和后奶奶（后爷爷头一年已故）初步同意，媒人即把母亲的“八字”送到奶奶手里。奶奶接到“庚帖”，请日课先生将母亲的八字与父亲的八字对照比合。日课先生说，如果属上婚、中婚，即可谈，如果是下婚则退“红单”。父亲与母亲的八字相合，奶奶、后奶奶，还有外公就进一步

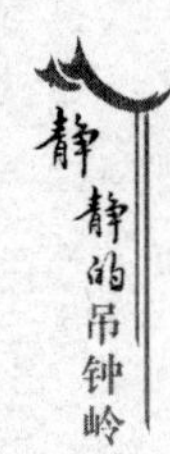

商议其他事项。

父亲和母亲的婚事操办比较特殊。奶奶为父亲的家长，外公为母亲的家长，后奶奶则为双重身份了。

外公开了“礼单”，把所要的聘金（即身价钱）、猪、肉、喜酒、鲜鱼、鸡鸭、衣服等开列清楚，由媒人传给奶奶（按风俗习惯，如果男方同意，则写明照准。不同意则可另议），外公是象征性地列了一些，其用意是不能乱了“规矩”。后奶奶则在聘金内先付（也叫过）一部分钱给外公（叫扎红庚）。此时，后奶奶择下迎亲日期，并开出“预报佳期”的书帖，由媒人送给外公。外公收帖后，在后奶奶的来书上写上“谨允佳期”字样，商议归门日期。归门之前，后奶奶为母亲准备好嫁妆。奶奶将礼单上的物件，除留点压扛盒的聘金外（叫扎茶箩），全数预先交到外公（也叫过猪脚），履行这些程序后就等归门。

迎亲之日，置办筵席、请客庆贺。父亲的迎亲队伍从牛角龙出发到和尚寺背，一早便放了爆竹出茶箩，加上媒人逢单数。两个堂叔（那时十来岁）各持一面彩旗和一枚铜锣，各背着一根带叶的竹竿（一条红布系在两根竹竿尾端），如检阅士兵一样平行往前走，请来上迳村的“奋狗仔”父子俩吹唢呐，本屋场的乐队敲锣打鼓。锦寿堂爷是迎亲的领队，提一盏马灯（按农村规矩，提马灯的人要生有子女才有资格，他当时已生了两男两女），去时不点火。一个人扛了一顶扛盒，里有饭面，有肉、鱼、蛋（饭染成黄色，肉九斤，两斤左右鱼两条，煮熟的金鸡一只），一担鸡笼。另外一个人挑两个大箩麻糍，两边箩上面放两个簸箕，各装一个与簸箕一般大的麻糍，贴上“天地、日月”大红字。外公对扛盒的物品领一半回一半，不领鸡蛋还另凑足十个，叫十子团圆。

一半茶箩到外公家后，外公组织人员接茶箩，放爆竹迎接。父亲预先准备好红包，发给开箩的、主厨、背新娘的(按规矩，是要新娘的哥哥或叔叔背出闺房，但母亲无亲哥、亲叔，省去)、开面的、缝被的。主厨除一个红包外，还给了一包香烟和一包茶叶。

在外公家吃过早饭后准备出亲，唢呐师傅吹着唢呐“三请新人”。在三请中间，母亲梳头、开面、穿衣。外公为押亲的灯子在祖厅神台点上火，交给锦寿堂爷爷。此后，由父亲背母亲出闺房。母亲手上拿一面镜子，以示一路上压邪。之后，外公就放爆竹“发茶箩”。抬嫁妆的人先行，依次是彩旗、唢呐一起行路。媒人在行路前算好人数，送亲的人数一定要逢双不能成单，其中包括有一个双亲（上亲）（双亲由新人的兄弟或叔伯充当，并要随身带一把雨伞，因为送亲队伍到了男方家门口，新郎立即给送嫁的双亲接伞，双亲则给新郎一个红包。因母亲无亲哥、亲叔或亲伯，这一环节也就免了)。

迎亲队伍到了后奶奶家的大门口，父亲开始敬亲。牵亲的细妹堂奶奶用米筛和红帕子盖在母亲头上，牵至大厅与父亲拜堂。主持人高叫“一拜天地，二拜高堂，夫妻对拜”之后宣布进入洞房。媒人牵着父母进房间，后面一群小孩追打过来，说是每打一拳可生一个孩子。父亲和母亲入房后喝交杯酒，过后，母亲便开箱，将装在箱内的红包收起，将花生、糖果散给围观众人。

在父亲的婚宴上，按风俗先安席，原本首先是请父亲的外公、舅公坐上席，可是，父亲的外公、舅公身在何处还是个谜。这样，就由本宗族长者论资排辈坐上席，当时秀华太公辈分最高又年长，在唢呐师傅的一阵吹奏下，秀华太公被请到上席左侧坐定。开席时，父亲和母亲从上席开始轮流为亲友们添酒，这叫“行见拜礼”，坐上席的秀华太公，趁机给新娘一个红包。饭后，母亲将预先做好的鞋子分发给长辈。散席后，父亲按送嫁人数，每人一个红包，打发他们回家。

四、祠堂年事

2016 年 6 月，我从广州一家企业辞职回到了信丰。我和妻携小儿蜗居县城，父母仍留守老家乡下，长子旗长年在广州打工。鸡年春节却延迟了回老家过年的脚步，旗元旦前夕办了婚事，他们大年三十下午才到县城，我征得父母同意，全家人聚到县城吃年夜饭。

母亲过完小年进城，挑了四个大袋小包，装满了红瓜子、干草菇、土鸡蛋、烫皮丝、三角酥、花生油和萝卜、蒜子、芹菜。父亲在大年三十一大清早给我打来电话，说他下午去祠堂里“供神”（除夕辞旧的一种仪式）之后，坐圩上中巴车下城。下午五点钟多，父亲打个电话来，说车站的车子收工了。我说打个车嘛，而父亲执意返回家里。我说：“那您去妹妹家吃年夜饭？我们大年初二会早点回来。”父亲说：“你们不用操心，我自己会安排。”妹妹嫁在离老家两公里的石坳屋场，平时同妹夫包房屋防漏防水工程，去年在县城买了一套商品房，按理他们要在新房子过年“进火”热闹一番。可是她的家婆高血压中风，多年卧病在床，妹夫三兄弟轮流安排照顾老人，轮到妹妹家时，妹妹托付母亲去她家服侍。母亲这次进城之前，他们已放假回家。

老家除夕那天的习俗我是清楚的，下午申时起，每家男主人笼上一只阉鸡（逢闰年屋场里集体宰一头肉猪举行仪式），提着装有茶水、猪肉、豆腐、花生、苹果等九个供品的竹篮子，依次进入祠堂摆到“神台”上，往香炉里点两支蜡烛、上三品香，去天井边放三个单响爆竹，捉出阉鸡面朝祠堂正前方鞠拜三下，抓稳鸡头鸡脚，一刀下去割开鸡喉，鸡血流入水拌薯粉的盆里，最后滴几滴鸡血粘到一沓打孔的毛草“纸钱”上。几位至亲早已在祠堂一侧的厨房里，烧开了一锅热水，男主人们持勺端盆倒水，将鸡滚烫几分钟提出来，摊开长条洗衣板，拔净全身鸡毛，留下鸡尾那一撮毛（寓意首尾呼应），用剪刀开膛取出肾、肠、囊清洗，整只鸡盖锅熏蒸片刻捞起。男主人将鸡肾、囊塞回鸡肚（寓意精神饱满），鸡大肠环绕鸡身一圈（寓意源远流长），重叠于凝固的鸡血上面，形成了“供神鸡”。男主人双手端着“供神鸡”，再次到祠堂向东南西北庄重地行祭拜礼，放一挂连环响亮的爆竹，然后各自惬意地回家忙碌。

老家人一年到头为“年”而忙，这并非夸张。譬如，五

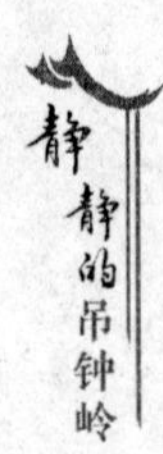

六月开始养年猪，冬至节气酿米酒。而老家阉鸡“供神”的年俗，如同祠堂隔楼存放的《刘氏家谱》一样久远。老家屋场叫牛角龙，属于彭城堂。公元 1739 年间，牛角龙始祖光瑜公从信丰县金盆山的坪嶂，携母亲和长子明国公到信丰安西牛角龙下屋开基立业，约 30 年后其次子明国公从上坑门前坑迁牛角龙上店隶传至今。老家的字辈排列为“文林标秀锦，汉苑著芳声；德懋朝廷重，贤书甲第群；人全永两茂，位登金殿龙”。老家祠堂经历了将近 280 年的风雨，散发着守护村庄的宁静恬淡和释然。

我们身在城里，依然遵循老家年俗。吃年夜饭时，我想到父亲一个人在老家过年，内心酸楚，但没有表露出来，便在上席位置给父亲留了一套碗筷。父亲不会使用微信和视频，我拨通电话点开免提，大家轮流跟父亲聊天，一次次地重复“后天回家”。大年初一那天吃斋，不出远门，不走访亲友。早餐吃完素面，我牵着小儿，同妻、儿子、儿媳陪母亲上街逛逛。陈毅广场来了好多拍“全家福”照片的志愿者，摄影师叫我们拍一张，我感谢他们的好意，便依偎着母亲合影了一张。

每年的大年初二，家族会派出几个代表先去海螺寨寺庙祭拜，回来中午在祠堂里摆“家族宴”。而头年添了男丁的人家，则先在祠堂瓦檐下挂上一个买来的或自己糊的彩灯，以示家中添了男丁，香火有了延续，在上面写上表达祝福的语句，祈祷男孩一生平安幸福。家族宴上，每家人自行端来香肠、腊鱼、脐橙、苹果道喜，添丁主人逐位添茶敬酒，有着独特的声、色、香、味、触的感官体验。祠堂里立了先人神位，神圣而庄严，这种神圣与庄严在于家族成员参与的仪式当中——祭祖三起九拜，磕头作揖……

老家有种叫“红圆米果”的食品是必须上“家族宴”的，寓意家族团团圆圆，日子红红火火。红圆米果以糯米粉为主要原料，拌红曲、花生、芝麻、白糖，配素菜、精肉包成像桂圆大小的颗粒。以前，家族宴只许男丁参加，女的一概不入席，而鸡年春节，大多嫁出去的客女也携夫带子来了，就连过继给一位无子嗣的至亲爷爷而又返回其生父家的苑牯也来了。记得20年前屋场里七修族谱，负责牵头修谱的堂伯找到我，叫我联系苑牯，我原以为理事会不让他入谱，就随口带了一句，他既不是亲生又非亲养还离开了，还算老刘家人吗?大伯笑笑，只要他姓刘都算，媳妇也算，都要添进族谱。我多方打探，不久他就约见了我，家谱中从此有了他的名字。

我问父亲，要不要叫妹妹一家人过来参加“家族宴”。父亲说，他们不能来。我猛地一惊望望父亲，父亲转过身避开话茬。我马上意识到了什么，拨通了妹妹的电话，妹妹一五一十地讲了出来。她家婆腊月二十九过世了，按农村风俗，临近过年过世的人称为“旧人”（不光彩），不能进祠堂，也不能进众厅，更不能待到年后葬送。为此家人不便声张，年后也不进别人家门。我长长地叹息，内心隐隐作痛，安慰妹妹一家想开些，别在意太多。一个人的生老病死，这个自然规律谁都无法抗拒，我暂且收住悲痛。父亲瞒了我们，去帮他们料理她家婆后事，我理解父亲的善意谎言和良苦用心。

屋场里的后生几乎都回来了，我们挨家挨户地走了一遍，那些以前抬头不见低头见的长辈们已日渐衰老，我们给每位年过花甲的老人拜年、发红包。至亲大哥大嫂们，越来越像他们父母当年的形象，大家一年不见依旧亲切。“家族宴”的每张桌子上，都放了一把盛满米酒的锡壶，古色古香。锡壶“盛水水清甜，盛酒酒香醇，储茶味不变”，是每个家庭的传家宝，只有在春节期间主人才拿出来盛酒待客，尤其在“家族宴”上带过来亮相，更有一种至高的荣光。据考证，锡制酒具始见于明代，普及于清代到民国，是客家人必不可少的生活用具。拥有一把好锡壶，是一个家庭生活水准高低的重要标志，它陪伴老家人度过一个个殷实的节日。锡壶工艺在信丰流传了200多年，老家的锡壶大多是小河圩师傅制作的，我家有把锡壶已有近百年的历史，至今仍然饱满坚固，不变形，不渗漏。

记得年少的时候，临近春节，外来的手艺人都在祠堂里占个地盘劳作，三进厅式的祠堂挤满了人。譬如打爆米花的机子，不时响起像地雷炮一样的响声，打锡壶的叮叮当当的敲锤声动听悦耳，弹棉花的节奏宛如高山流水般清脆。我对锡壶很感兴趣。有一年，一位小河镇长陵村的肖师傅给我家打锡壶，安排在我家住，我一日三餐去祠堂送饭，目睹了锡壶制作工艺的全过程。他先将锡块熔化成光泽如银的锡水，锡水注入模版压模成片，再量角画线，将锡片剪成各部件所需的尺寸和形状，每个部件都用羊角架、木锤、窝墩等工具弯曲、造型，并用铁烙细细焊接、刮挫，然后用铁锤密密扎扎、细致均匀地锻打，最后经过打磨抛光，一把银光锃亮的锡壶就呈现在我的眼前。肖师傅送了一块印花图案的锡耳饰给我，可惜后来不知遗失到哪去了。

临近开席，屋场里舞龙灯的乐手吹奏起来，乐段清晰明快、铿锵有力，唢呐气韵高昂，锣鼓镲钹声音清脆，“锣鼓一响满场欢”。平时，屋场里的舞龙道具挂在祠堂墙壁上，大年初一取下，从祠堂出龙，先去村头的大榕树下祭社官，回来在祠堂里一拜天地二拜祖宗，随后到家家户户拜年，然后走村串户表演，一直到正月十六收龙。而近年外出回来的年轻人多了，往往临时组合演练几次，祭了社官之后就收龙。老家习俗是“迎龙送狮”，龙灯队光临放爆竹迎接，狮队进祠堂演完后放爆竹欢送。这与信丰河西片万隆乡的“瑞狮引龙”，大阿镇的“子孙龙”大同小异。

屋场里的老年腰鼓队闪亮登场了，上了一把年纪的堂伯、堂叔、堂婶、堂嫂共六人，头披吉祥彩巾，身穿红黄蓝绿长袍，挎系红绸鼓棒，个个红光满面，精神抖擞。祠堂里那面祖传的大鼓派上了用场，几个后生攀附着楼梯抬下大鼓，置放在祠堂正南面，大鼓四周刻绘着山纹、水纹、云纹、树纹，古老而厚重。腰鼓队伍中年纪最大的堂伯，郑重地站在大鼓前头，面朝阳光，抓起鼓棒，“咚咚咚……咚咚咚……”地擂响了大鼓，鼓声激越、高亢、明快。紧接着，老年腰鼓队踩着鼓点，鼓棒起起落落，节奏忽快忽缓，音律忽轻忽重，从左至右绕着祠堂走圈圈、变花样。随后，男女老少纷纷手拉手、肩挨肩地排成队列入场，伴随鼓声跳起采茶舞蹈，唱起本土山歌："打支山歌过横排，高山岽上一树槐……新开窗户四四方，日头照进老祠堂……"

父亲笑嘻嘻地对我说，老家年过八旬的堂爷爷发话，邀了妹妹全家人过来做客，我异常惊喜和激动。此刻，妹夫正给祠堂"彭城堂"牌匾系上鲜红的中国结。

那时山花开

农庄除了有百亩果园外，还有十几亩桂花园，万余株樟木、榕树、竹柏、松柏、银杏、天竹桂、红豆杉、串钱柳、深山含笑、乐昌含笑等名贵树木。他爱树如命，爱树入迷，他每年冬春栽树，见缝插针。他只要有闲暇就钻进树丛，修剪、除草、施肥，东走走、西瞧瞧，像关心自己的孩子似的。

一、春兰花开

春兰属于兰花的一种，是中国的名花之一，开花时香气特别幽雅，又称朵朵香。《本草纲目拾遗》载："草兰，叶短而狭，春花者名春兰。"《植物名实图考》亦载："春兰叶如瓯兰，直劲不欹，一枝数花，有淡红、淡绿者，皆有红缕，瓣薄而肥，异于他细叶柔韧，一箭一花，绿者团肥，宛如燃蜡……"

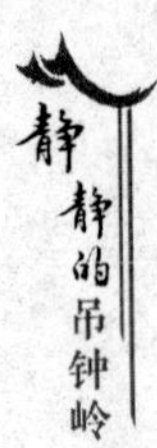

白衣天使犹如春兰花儿吐露芬芳，美丽至极。

众人皆知，白衣天使即是穿白大褂的护士，她们纯洁、善良、细心、耐心，富有爱心、责任心；她们救死扶伤，童叟无欺，她们被喻为上苍差遣到人间来治病救人的天使。

病人到医院看病，除了接触医生，还要接触护士，特别是住院治疗的时候，接触护士更多了。医生给病人诊断病情，确定治疗方案，护士遵照医生的嘱咐给病人量体温、打针、吃药、包扎伤口，随时护理病人。护士以她们特有的爱心、微笑和科学的护理方法，帮助病人康复，人们都喜欢把护士称为“白衣天使”。

有位叫施春兰的“白衣天使”，1984 年考入赣州卫校，3 年后被分配到信丰县人民医院从事护理工作，从穿上洁白护士服的第一天起，她就立志要做像南丁格尔那样的护士。

30 多年来，施春兰在一个单位干了一件事——护理，从护士、护师、主管护师到副主任护师，芝麻开花节节高。如今，她虽是主管护理的副院长，但“施姐”这一昵称，依然如护师那么亲切，像兰花草那么平实。

桃水清清，南山葱葱。

古人云：“良语一句三冬暖。”施春兰面对琐碎的护理工作，在医患沟通中，善于应用语言艺术、表情、动作姿态，逐步培养自己良好的沟通能力，向患者及其家人传达着某种信息，传达着感情和态度。

在忙碌中，施春兰看到一张张受尽痛苦与折磨的无奈表情，听到那一声声来自躯体深处的痛苦呻吟，内心深处的那根弦总被深深地触动。

她始终是一颗丹心，一脸微笑。英国诗人雪莱说："微笑是仁爱的象征、快乐的源泉、亲近别人的媒介。"她从中发现美、欣赏美、创造美，她收获的快乐和充实冲淡了艰辛和苦涩。

医院是个圣洁的地方，却也是一个工作环境很脏很累很危险的地方。她常常面对的是病患者呕的、拉的污秽，难闻的气味；面对的是病人痛苦的呻吟甚至是莫名的骂声。

当有人对她说到这些时，她说，在护士岗位上，这是习以为常的事，理解万岁。

在急诊科工作时，有一天，快到深夜12点了，大家都疲惫不堪，正准备下班时，救护车急诊送来一位不慎跌落粪坑的患儿。患儿情况危急，呼吸急促，面色青紫，担任护士长的施春兰不顾脏和臭，立即给患儿抢救：催吐、洗胃、清理污物、建立静脉通路，一切都在有条不紊地进行着……看着患儿被催吐出的大量污物，夹有似乎还在蠕动的蛆，家属和其他参与抢救的医护人员都忍不住跑出抢救室去呕吐，施春兰不但没有走出病房半步，反而继续实施抢救措施，直到患儿转危为安。在患儿住院期间，施春兰一有空就带着责任护士到病房询问情况，在她的悉心照顾下，患儿很快走出了疾病的阴影，脸上露出了纯真的笑容。当这位患儿出院时，家属非常感动，特意跑到急诊科用锦旗表达自己的感激之情，称赞她是"生命的守护神"。

有天凌晨4点多，发生了一起特大型车祸，受伤人数多，接到医院值班通知后，施春兰丝毫没有犹豫，急忙赶赴科室参加救护工作。刚到科室不到10分钟，受伤病人一个、两个、三个……30分钟接收6个脑外伤病人，原本寂静的病房瞬间变得喧闹起来。其中，一名脑外伤患者张某病情危急，颅骨骨折，头皮严重撕脱，血流不止，血压70/50mmg，四肢冰凉，意识不清，医护人员立即对其建立静脉通路、插尿管、吸氧和急诊清创。经过3个多小时的紧张抢救，患者终于脱离危险，生命体征逐渐平稳，大家悬着的心才放了下来。

施春兰整理完用物，端来一盆热水细心地为病人擦去脸上的血迹，洗去手脚的泥泞，做好这一切，正准备离去时，原本双目紧闭的患者突然睁开了眼睛，用微弱的声音说："谢谢！谢谢你，护士，你们不仅救了我的命，还这么细心地照顾我，真是为难你们了！"

2003年3月，"非典"突如其来，刚刚担任护理部主任的施春兰，临危不惧，勇挑重担，统筹护理工作全局。

在那段特殊的时光里，正值医院整体搬迁的关键时期，施春兰始终坚持现场指挥，亲临一线工作，既当指挥员，又当战斗员，有时连续作战40多个小时，工作起来常常是顾了大家忘了小家，把安全留给别人，把风险留给自己。那时，施春兰的婆婆刚做了眼科手术，生活不能自理，为了不影响工作，她特意从农村接来自己70多岁的老母亲来护理婆婆。女儿正处于中考冲刺阶段，她却无暇顾及女儿的学习和生活。女儿埋怨的眼光，至今仍在她的脑海里回放，使她感到愧疚。

"非典"防控工作取得了胜利，她的工作得到各级部门的肯定，被赣州市委、市政府评为“全市防治非典工作先进个人”。

生命的诞生是一个美丽的过程，是化茧成蝶的痛与美并存的时刻，那清脆的啼哭是天使的宣告，是最动听的音乐，是生命的另一意义的那一瞬间。施春兰在妇产科工作的那段时间，见证了许多生命诞生的过程。婴儿粉嘟嘟的脸是圣洁的，感受了其亲人的那份期盼、担忧与欣喜。她那热情、细心、周到的服务，一产妇家属邹老师在时隔27年后，依然记忆犹新，大加赞赏，并把那年寄给她的贺年卡内容写下来——“春天的意义在于不断地孕育着绿色的生命，兰花草在春季更加伟大无比；你身穿白大褂带去咯咯笑语，好像那飞流直下的瀑布在向大地传递着春的信息”。

病人家属鼓励的话语就这样一直激励着她时时处处为病人提供优质服务。

2007年夏季某日下午约六时，某中学发生学生集体食物中毒事件，一下子送来了七八十个病人。身为护理部主任的施春兰立即组织抢救、抽调护士、腾空病房、组建新的病区、成立新的护理单元……她忙得手机打没了电，忘了饥饿，也没空坐坐，直至所有病人转危为安，此时已过凌晨2时，汗水早湿透了衣裳，这些统统顾不上，她和几位护士只在办公室席地卧一会儿，因为天亮了还有协助治疗和晨间护理。

有一次，工业园一饲料厂发生爆炸事件，导致多名工人大面积烧伤，施春兰积极组织抢救，调集全院护理人力资源，合理排班。面对这种特殊性的抢救任务，她只有亲自参加一对一的特护班，这才放心。经过一周的有效救治和精心护理，病人安全度过了休克关、感染关，无伤亡发生。为此，施春兰得到各级部门的肯定和表扬。

“在别人最痛苦的时候，能给他（她）一份安慰，送上一份温暖，那是最令人感动，也是最令人难以忘怀的。”

有一位70多岁的老大爷，住院期间有好几天未解大便了，腹胀、腹痛使他坐立不定、寝食难安，他怕给子女添麻烦，就一直沉默不语。

那天，正好施春兰上晚班，她在巡查病房时，发现大爷没有往日的说笑，亲切地询问有哪里不舒服？起初，老大爷不愿意说，但看到她如此真诚，终于说出了实情。施春兰二话没说，立即采取措施，用手把久积在肛门内干硬的大便抠了出来，大便通了，大爷舒心地笑了。当患者家属来探视时知道了这件事，感动地掉下了眼泪，同病房的患者也非常感动。出院后老大爷逢人就说：“春兰比我女儿还要亲还要好！”

走进病房护士站、医生办公室，经常能看到各色各样的鲜花摆放在那儿，这些花都是患者和家属自愿送来对医护人员表示感谢的。他们说，信丰县人民医院的医生和护士们对他们实在是太好了，可是给他们送礼不收，请吃饭不去，只能用这种方式表达心意。

一位来自农村的特困病人，交完住院押金后口袋里就剩下2元钱，了解情况后，施春兰和全科医护人员默默伸出了援助之手，给予最大程度的照顾。为解决病人的吃饭问题，施春兰带头到食堂按时给病人买来饭菜送到床边。考虑到病人胃口不好，有可能想换换花样，她又自己掏钱到外边去买来可口饭菜和营养汤，放在了病人的床头柜上。病人甚是感动，出院时，他把老伴种的盆花赠与了医护人员。

“急诊故事”随时都会发生，医护人员的上班时间绝不仅仅局限在8小时之内。尤其是急症病人或住院病人病情恶化时，无论是酷暑寒冬，还是风天雨夜，电话就是冲锋号，病房就是战场，时间就是生命！“性命相托”来不得半点迟疑。

一天凌晨1点多，施春兰在睡梦中被值班医生的电话惊醒，她二话没说，立马穿衣起床，下楼后才发现外面还淅淅沥沥地下着小雨。她根本就没有返回去拿雨伞的想法，而是一步一滑、跌跌撞撞、深一脚浅一脚地跑进了办公室，穿上工作衣就投入了工作。由于劳累过度加上淋雨，她患了感冒不停地咳嗽，还落下了气管炎的老毛病。

加班加点对施春兰来说是家常便饭。她的手机24小时开机，是为病人开通的咨询热线，也是医患之间的连心线。

古人云：“苦心人，天不负。”她付出了爱，也得到了更多的爱。那一束束鲜花、一封封感谢信、一面面锦旗、一块块奖牌，就是理解、尊重、信赖和关怀，就是对她医者仁心、大爱无疆的见证和爱心回馈。

由于长时间超负荷地工作，2007年春节前夕，施春兰患上了急性阑尾炎，那段时间病人很多，护士紧缺，她毅然拒绝手术，坚持下班后自己在家输液保守治疗。可是，5个月后的一天，她的阑尾炎再次发作，不得不立即进行手术，但在手术拆线的第二天，施春兰又投入到紧张的工作当中。

身为护士们的“大姐”，施春兰像关心家人一样关心下属。当她们思想有波动、情绪低落时，她同她们谈心交心，动之以情，晓之以理帮助她们调整心态；当工作有不足、出现错误时，她会耐心细致帮助她们，手把手地教她们，让她们更快更好地进入状态。

护士小曹说：“我初次接触施副院长，那时候我从卫校来到信丰县人民医院实习，第一站在消毒供应室。”

那个下午，小曹在回收物品窗口，施春兰提了个蓝子送东西来消毒。她给小曹的印象是：和蔼可亲。当时，小曹不知道施春兰是哪个科室的，也不知道她是护士长，因为小曹认为护士长是不会亲自送东西来消毒的。

后来，小曹到了内儿科认识了施春兰，才知道了她是护士长，而且还是非常年轻的护士长。小曹说：“虽然我实习的时候带教老师不是施护士长，可我还是很高兴有幸认识了她。”

小曹毕业后，分到了医院内儿科上班。没多久，内儿科要分科，施春兰找到小曹，问她愿不愿意跟她一起去急诊科？小曹不假思索地说：“好啊”！

1997 年元月，在施春兰的带领下，小曹和几个年轻护士一起来到了急诊科工作。

有个星期天，来了一个农药中毒病人，可能因为在家里耽误了许久的时间，病人来的时候已经神志不清了。医生一声令下：“建立静脉输液，马上洗胃。”看到这样的病人，对刚参加工作又是第一次独立插胃管的小曹来说，她慌了起来。

胃管插了2次都没有成功，正当她不知道怎么办的时候，施春兰过来了。在施春兰有条不紊的操作下，很快就帮病人洗好了胃、用上了药。空闲下来，小曹说："对不起，我没有好好学习，技术不好。"施春兰安慰她说："不要紧的，慢慢学习就好了，以后遇到这样的病人，不要慌，思路清晰做事情就快了。"

过后，小曹才想起来当天是星期天，护士长怎么会在这里？她把疑惑讲给另一个刚领药回来的护士听，护士笑一下说："因为你才轮到星期天上班，第一次看到吧？施护士长说我们大部分都是刚毕业参加工作的年轻人，如遇到突发情况，怕我们慌乱处理不当，所以她才经常星期天来这里加班。"

在急诊科工作转眼快3年了，施春兰去了护理部上班，小曹去了普外科上班。但施春兰依然关注关心着小曹的工作和生活，在小曹思想出现困惑和生活不如意时，多次找到她了解情况，交心谈心，还和原先在一起开心工作的几个要好的护士开导帮助她，旁敲侧击指出其不足，同时对于她的亮点放大，激励她不断进步。

或许，施春兰记不得这些事情了，因为她心里装着全院400多名护士，类似这样的事太多了。但从那以后，小曹暗下决心，要为自己争气，更要为施护士长争光。通过自身的努力，现在的小曹也已走上了管理岗位。

施春兰与同事和谐共处，有困难，她总是冲在前面；有荣誉，她就处处让给姐妹。无论在生活、工作中，她从来不因为自己是医院领导而高高在上，而是经常深入一线，与大

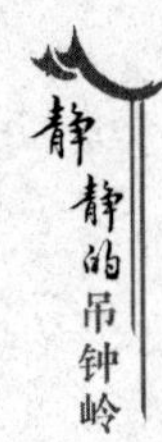

家打成一片。

她竭力为每个护士搭建各种展示才华的舞台，在护理部成立了兴趣特长小组、护理质量控制小组，帮助和指导年轻护士撰写各种科研论文，一有机会就联系上级医院送她们去进修培训，鼓励她们提高自己的学历和理论知识水平，对于参加在职教育培训的护士，她总是提前给她们排好班，解决她们的后顾之忧。在施春兰的影响下，信丰县人民医院建立起了护理学习型团队。目前，医院已取得护理本科学历的人有 50 多名，大专学历近 200 名，还有很多大专、本科在读护士。

有个同事这样评价施春兰：施姐最大的优点是办事认真，最大的“缺点”是认真办事。

施春兰坦然地说：“我们干护士这一行，来不得半点马虎。”

除了医院的护理工作，施春兰还分管医院感染管理和参与其他工作，像医院整体搬迁、供应室的改建、新住院大楼的建设、新科室的建立等，她都倾注了大量心血，也得到了医院同事们的高度评价和上级专家的充分肯定。

施春兰每天深入临床一线，及时帮助临床科室解决疑难问题，她总是比职工先到，完成工作后最后一个离开。护士们说和她在一起工作，无论多苦多累，都感觉工作是快乐的。

施春兰随身带着记事本，遇上不能立即解决的事情就记录下来。比如护士常常不注明“患者主诉”，“患者出现头痛，头晕”，出现主观与客观判断混淆；对测量数值不重视，“患者血压偏高或呼吸较促”；护理记录单书写时间与病情变化时间混乱。例如，对1例8个月的术后患儿的出院指导，护士记录为“3个月内不宜参加重体力劳动和剧烈运动”；对1例神志不清的病危患者，出院指导记录为“嘱其出院后保持情绪稳定”等。对“量”的概念不重视，如：输氧患者无流量记录：1例消化性溃疡患者入院记录为“患者自诉上腹部疼痛数月，解黑便，于11时入院”；1例腹泻患儿入院记录为“代诉患儿因腹泻4天而抱入院”，第2天则记录为“患儿仍腹泻，日解6次便”等，均无“量”的记录。护理记录缺乏连贯性。如分娩记录中对何时入产房、何时分娩，分时返回病房连接不上，转科患者护理记录衔接不上。未突出护理措施，效果评价不及时。护士书写水平有待提高，如标点符号规范，存在错别字、简化字、病句等。

针对这些问题，施春兰归纳出8种解决方案，加强法制教育，强化学习和培训，加强护士的责任心，加大督查力度，完善考核标准。护理部坚持不定期对病历进行质量环节抽查，对护理记录质量检查每月一次，检查得分与个人评先、评优、评星挂钩，也与年终评选护理质量先进科室挂钩。

在科室建设、护理工作中，施春兰注重团队精神的培养和护士素养的提高。她提出了以“护理质量为根本，优质服务为基础，素质提高为先导，科技创新为突破”的医院护理发展战略，建章立制，完善制度，规范流程。

施春兰主编了《护理工作制度及管理规定》《护理安全管理防范措施》《医院感染管理制度及相关规定》《护理工作质

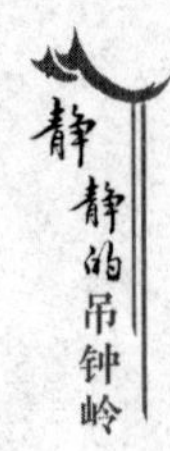

量标准》等，真正实行了科学化、制度化、规范化管理。

她敢为人先、敢于担当，率先在护理队伍中实行人事分配制度改革，实行产科助产士竞聘上岗、病房护士末位淘汰，积极开展“优质护理服务示范工程”活动，确立了“以病人为中心，五心服务”的护理理念，以新的理念、新的管理模式引领护理工作。

施春兰根据医院对护理人员服务质量及护理工作质量的考核，制定出“星级护士评比动态考核管理制度”。评比的内容包括护理质量、护理理论成绩及护理操作技能、病人对护理人员的满意率、医生对护理人员的满意率、劳动纪律五个方面。通过对一系列指标进行综合评价，评选出一至五星级护士，并对三星及以上的星级护士给予每月不等的奖励。自实施“星级护士”管理办法以来，无论从患者对护理工作的满意率还是护理工作质量都有了不同程度的提高。

施春兰先后撰写和发表论文十余篇。如《星级护士评比与动态考核管理的研究应用》（发表在《中国医药科学》杂志2005年10月）、《护理记录中存在的问题及其管理对策》（发表在《中国实用护理》2007年12月）、《整分合原理在带教护生中的应用》（发表在《中国保健医学导刊》2005年11月）等。

作为课题第一主持人，施春兰的《净化技术在基层医院供应室改建中的应用研究》，于2011年赣州市科技局立项，达到了省内先进水平，填补了市内空白。

作为课题第二主持人，施春兰的《冷热疗法在会阴侧切术后的研究与应用》《PICC配合微量注射泵持续注入垂体后叶素的研究应用》于2011年赣州市科技局立项，达到了省内先进水平，填补了市内空白。此外，《红臀垫在小儿红臀中的应用研究》《新鲜马铃薯片结合热水袋防治化疗性静脉炎的应用》等均取得了阶段性成果。

护理科研成了信丰县人民医院一大亮点，她两次被评为“赣州市优秀护士”。

施春兰带领医院护理队伍团结奋进、开拓创新，医院护理质量每次在全市质量评比均居同级医院前列，护理部多次被评为市、县“巾帼文明示范岗”。她的团队在省市临床护理技能操作大比武中，多次获得团体二、三等奖。

2005年3月，施春兰被信丰县委、县政府评为“十大杰出女性”，2006年6月被中共信丰县委、信丰县直属机关工委、县卫生局委员会、医院党总支评为“优秀共产党员”，2006年当选赣州市第三届党代表，2007年3月被市妇联、市卫生局评为“市十佳女医务工作者”，2003年至2007年连续5年被医院评为“优秀职能科主任”，2011年4月当选为省护理学会理事，2013年被评为“县三八红旗手”，2014年被评为“信丰县十大最美橙乡白衣天使”等荣誉称号。

“爱在左，情在右，走在生命的两旁，随时撒种，随时开花，将这一径长途，点缀得鲜花弥漫，使穿枝拂叶的行人踏着荆棘，不觉得痛苦，有泪可落，却不是悲凉”，冰心老人的这段话，诠释了护士神圣而又崇高的天职。这，也是施春兰理所当然的天职。

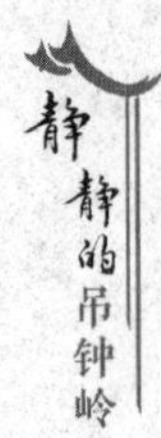

二、农庄“文心”

我的忘年交陈志文有颗“文心”，自然就与文学结缘，他以文为媒，交上了诸多文朋诗友。《论语·颜渊》曰：“君子以文会友，以友辅仁。”

我曾在一篇散文《乡村文友》中写过他。2016 年，县里组织采写《最美橙乡人》，陈志文作为典型人物之一被选中，再次进入了我的视野。

30 多年前，陈志文开始喜欢上文学，信丰安西文学氛围浓厚，文化站组织了十多个文学青年办了《乡音》，作品在全国诸报刊发表，吸引了许多外地作家、作者前来做文学和友谊的交流。在小江新庄村务农的陈志文同样被感染和吸引进来。那年夏天，赣州地区有几位知名作家到安西讲课，陈志文得知后，为了抓住学习交流机会，忍痛放下照顾即将临盆的爱人，步行到了安西圩上，早早坐在教室里等候上课。

他的爱人也与安西有缘，20 世纪 70 年代初，安西办了园艺场，兴起开荒种果“大会战”，他的爱人成了“大会战”成员之一。若干年后，他们夫妻俩来到“大会战”驻地鸦鹊塘重温旧梦，看到那一片片绿色脐橙树、一栋栋陈旧宿舍楼，感慨万千。

陈志文说，安西是他的第二故乡，这话确实实实在在。

某年阳春三月，信丰文友晓东等在 105 国道白石段“金德利”大酒店，与作家李伯勇先生相聚，这家酒店的老板就是陈志文。

李伯勇老师一来，陈志文一下子把信丰一帮中青年文友都招来了，在喧嚣的金德利大酒店，大家重温了那一份文学的宁静。李老师来过信丰多次，在大家心中激起阵阵涟漪，从他默默地献身文学的身影中，大家顿时生发久违文学的感觉。二十年弹指一挥间，过去的文友从政的从政，经商的经商，物欲横流与浮躁不安相伴，至今执著文学者几何？可有一点是相通或者说没有变的，那就是“文学梦”都还在，只要大家相逢一笑，那种真诚的灵光就会闪烁出来。

陈志文与文友们结下的友谊及记忆是深刻的。他闹中取静，一边经商一边作文，坚守着文学之梦，以此作精神寄托，焊接未来，滋润心灵和人生。

继经营金德利大酒店之后，陈志文转向了投资农业产业化项目，21 世纪初，他在西牛镇（当时是黄泥乡）年丰村水库边的大块荒山上，投资数百万元兴建占地 700 余亩的农庄。相见不如怀念，他把农庄取名为金德利农庄。

陈志文在山上兴建了一个绿化苗圃，栽种了几百亩脐橙、桃子、杨梅等果树，办起了可养千头生猪的大规模猪场，开发了百亩鱼塘，请了周边几十个村民打工。陈志文成了地地道道的“花果山、鱼米农庄”实业庄主。

这里为什么叫“年丰”，是不是“人寿年丰”的意思？

原黄泥乡地处信丰西北部，乡政府驻老城屋，距县城 15 公里。地势西高东低，东北部和西北部群山环绕，中南部多为丘陵。盛产水稻、烤烟、甘蔗、花生、大豆、西瓜、蔬菜、

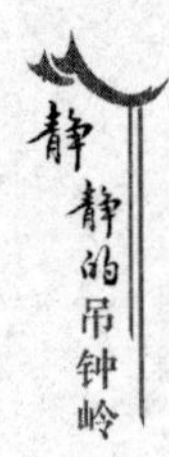

甜玉米等。年丰村位于黄泥圩北部边陲，土壤以红壤为主，历代贫穷落后，人称“穷山恶水”之地……

原来，“年丰”是当地村民的一种愿望。如今，这种愿望一步一步地变成现实。

静幽宁和的独家小院，门前栽几株树，院内养着花草，陈志文远离一切纷扰，忘乎所以地休憩、劳作。院落整洁素雅，隔绝尘寰的幽静，他将所有的烦心琐事忘掉，感受着这份安静，享受着这份舒适，哪怕是在简陋的猪栏里打坐，也是一种清新淡雅的幸福。

陈志文关心家乡的公益事业，常常为修桥修路等事业慷慨解囊。他还兼任了政协信丰县第十二届委员会委员，信丰县人民检察院第二届人民监督员，县工商联、客家联谊会组成人员等社会职务……2010 年，陈志文被评为“赣州市首届百名优秀农民”，2011 年，获得了“赣州市劳动模范”的荣誉称号。

陈志文有个习惯，只要空闲，务必读书。一天，他在一本书上读到“无商不富”，于是便开始了经商生涯。

他的第一桶金是搞运输买卖。那时，信丰园艺场只生产柑桔，陈志文收购柑桔，隔三差五地拉一车柑桔，日夜兼程销往广东，带回一些商品。一段时间过去，他的钱包鼓起来了，经商果真比种地要强不知多少倍。

陈志文越干越有劲，生意做得风生水起时，但天有不测风云，一天傍晚，他在广东销完货，去批发商店里进货时，一伙人以陈志文的车辆侵犯了他们的利益为由，敲诈他，掠夺他的钱财，把他打得鼻青脸肿，并恐吓店老板不许报案。回来的路上，又被一个团伙抢劫，被人骑着摩托车追打。那些触目惊心的一幕幕，使他调转车头，不再跑运输了。

他选择了饮食旅店业。

他的经营地从信丰县城的水东到桥北白石，从夫妻店到二十几个员工的大酒店。一路过来，陈志文披荆斩棘，克服种种困难，吃了常人没吃的苦。他亲自掌锅、切菜、打杂、接待，样样拿得起、放得下。他经常教育员工说，经营酒店服务业贵在“于情至守”，客人进店如家，丰俭由客。他的酒店货真价实，童叟无欺，回头客自然就比较多。

时间很快到了21世纪。陈志文却进了山，转型于农业开发。他在西牛年丰村征地近千亩，创办了金德利农庄，在当时算是一个浩大工程。上千亩土地，涉及几十户人家的荒山荒地，要集中流转使用权，费时费力。他用了40多天，完成了土地流转的基本任务。

这40多天，他瘦了20余斤，疲惫不堪地回到家。他邀了几个朋友轮番交盏，一醉方休。醉酒醒来后，他第一件事就是上山看看属于自己的千亩土地。他爬到山顶上，喜形于色，心花怒放。

一张空白的纸，你画什么，怎么画，一切由你。

陈志文依恋山水，依恋树木，终于找到了感觉，找到了归宿。征地后没几天，他带着人马，上山开辟新天地。

他以短养长，以种养为生计，以观光为辅，践行着自己的规划。

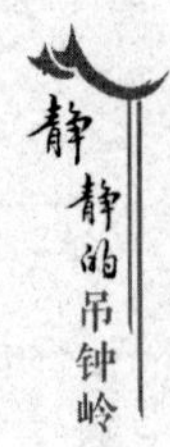

当时，“猪沼果”模式在全县已成定势，但在黄泥乡却不成气候。他栽上果树，就有人牵着耕牛进入果园践踏，经一个外地来的经营者奈何得了吗？他前期栽果几经受挫，但现在有脐橙、板栗、杨梅、柿子、蜜桃、李子等数十个品种。

除了经营农庄，他还养鱼养猪。

一般人认为养鱼悠闲好玩，专业养鱼人却不以为然，追求产量，追求价值，面临着的挑战，如同战场，不放过任何一次严阵以待的较量。

养猪，曾是新鲜事。当年家庭化，如今规模化，从家庭化到规模化是一个飞跃。家庭化养一两头，规模化养成千上万头，想来不可思议。

养猪不难，养好猪就不容易。一个半途出家的门外汉想把猪养好会不难吗？养猪不是挖土，想干就干，不干就停。养猪是管理生命，在管理中出效益。笨人能养猪，才有不“笨”的业绩。为了养好猪，陈志文阅读了不少养猪书籍。他出入各栏猪舍，了解掌握猪的生长、病情，母猪难产，他就守候身旁。为了给母猪助产，他趴卧着身子，紧贴难产母猪的外阴，不嫌腥不嫌臭，用手把产道中难产的乳猪掏出，一干就是几个小时。

陈志文有“三个半”爱好，其中最大的爱好是树，在金德利农庄他就亲手栽了上万株树。农庄除了有百亩果园外，还有十几亩桂花园，万余株樟木、榕树、竹柏、松柏、银杏、天竹桂、红豆杉、串钱柳、深山含笑、乐昌含笑等名贵树木。他爱树如命，爱树入迷，他每年冬春栽树，见缝插针。他只要有闲暇就钻进树丛，修剪、除草、施肥，东走走、西瞧瞧，像关心自己的孩子似的。

面积接近一平方公里的金德利农庄，几乎处处都留下了陈志文的足迹。几千平米的栏舍和其他相应建筑，无不是他亲自画图、带领民工挖基、填土、砌墙、粉墙……

走进金德利农庄，就是走进大自然的怀抱，绿树成荫，鸟语花香，真是一片“世外桃源”。随着旅游休闲业逐渐升温，陈志文胸有成竹地说，条件成熟了，要建个观光休闲农庄。

善念乃仁爱，仁爱乃付出。诚然，一个人能最大限度地付出，一定是个仁爱善良的人。少年时陈志文便懂得学雷锋，做好事。一个肖姓八旬老人在路上跌倒，他主动上前扶起，并带进自己家中，嘘寒问暖。年轻时，他在农村常常帮助妇女、老人挑担或送谷物上楼；发现哪家小孩子生病发烧，就背去医院治疗。大事小事，只要他能帮的，从未吝惜过。

2005年，陈志文出现资金青黄不接，百头母猪随时都有断食（料）的危险。有一天，他骑摩托车进城借款，遇上一个南康籍冯姓残疾人，用两张矮凳代脚，传递行李家什。陈志文停下摩托车，得知冯姓残疾人以前长期在煤窑深井下作业，患风湿病医治无效致残，父母病故，妻子离弃，他以修补雨伞、鞋具为生。陈志文掏出身上仅有的100余元钱，留了20元给摩托车加油，所剩的全部给了冯氏。他把行善当作人生的事业来经营。逢人敬三尺，不贤不是人。善者先思痛，痛者须思善。善念者，与人为善，与事为善，与物为善。善

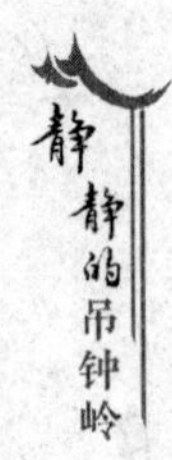

良的人，理解人，同情人，爱人，助人，敬人，让人，饶人（能吃亏）。

因为助人，因为善（不设防），陈志文也上过一些当。他说，上当也是人生事业中的组成部分。他说，吃亏一时，安乐一世；吃亏的本质是不占便宜；吃了亏，你的心灵就得到净化。

陈志文为何不选择赚钱来得快的房地产开发？因为他活着不纯粹是为了钱，“人生不满百，常怀千岁忧”，知足是他的一种心态。

年过花甲的陈志文当下的产业做得并不小，但他保持着一颗知足的心。

三、“母亲树”

桃子山可曾开过桃花不得而知，这并非我关注和探究的要素，它某年与脐橙树结义的前因后果，才是我必定对它倾注深情的理由。

世居于桃子山四周的赤坑人记得，上山塘一带古树参天、溪水长流。这仅仅是这方水土自然生态的一种陪衬，它鹊起的声名在于饱含“红、绿”相间的永恒主题。20 世纪 30 年代的一个深秋，一支突围红军打完桐梓岗一仗，迂折山道集结上山塘，攀老鸦岽挖壕沟筑工事，击溃大屋湾后山守敌后，翻香山渡桃江开始漫漫长征路。硝烟云散，层林尽染。20 世纪 60 年代末，上山塘创办了国营信丰县园艺场，开垦方圆十多公里山岭种植柑橘树。可能当初创业者拟择一块山岭规划栽桃树，遂将上山塘塘尾更名为桃子山（因为邻近种梨子的山就被唤成梨子山）。但桃子山并无种桃树的迹象，却有了时代烙印的脐橙母种园。

70 年代初期隆冬某日，一辆拖拉机开进桃子山斜坡处，卸下两捆漂洋过海的脐橙树苗，标签上写有“华盛顿”中英文品名，工人们腾出半亩山地挖坑培育橙苗。因为橙苗种植，桃子山北面多了个拖拉机站的代名词，不过，它并非像塘尾那样传开。次年母种园橙苗，开枝散叶，长势旺盛，场里农技员采其细嫩穗条做试验，嫁接到半岭高那块柑橘树枝上。变了“性”的柑橘树挂上了脐橙果子，自此信丰脐橙悄然飘香。

桃子山的橙苗日益高大、茂密，被连蔸带泥移植到鸦鹊塘苗圃。种下去的那棵脐橙树苗，单独留在了桃子山盆地。我不清楚场里是否有心或无意安插这棵“独苗”，反正安排了一名专职苗木园丁，一边育菜秧一边精心管理它。或许桃子山的气候、土质等更适宜这棵橙苗生长，它确实比其它橙树长得更快，树冠像一把张开的大伞，枝杆如一双双舒展的手臂，笑逐颜开地欢迎四方来客，结出硕大的果子，酷似“肚脐眼”的底部外皮，代表着它独特而显赫的身份，人们敬称它为赣南脐橙的“母亲树”。县里树一座大理石石碑来作标识，可谓实至名归。

中国农科院南方柑橘考察队来到桃子山勘查鉴定，得出安西种植脐橙条件“得天独厚”的结论。年复一年，鸦鹊塘

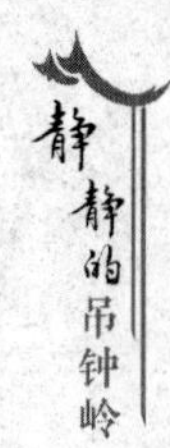

沿线延伸出数千亩脐橙树，与桃子山片区的柑橘树面积平分秋色，园艺场随之换上了脐橙场的招牌，同时管辖周围三个行政村。于是就有了桃子山为老场，鸦鹊塘为新场的地标别称。其时赣南其他县尚未种植脐橙，这样，将安西定义为赣南脐橙的产地毫不夸张。某些程度上，那棵见证了赣南脐橙走过四十多年历程的“母亲树”，内涵是十分丰富的，底蕴也是极其深厚的，它的意义尤为重要。

我老家划入了脐橙场，农村实行生产责任制后，父亲改造二亩旱田，种上一百多棵柑橘树，一位堂叔做了场里合同工，承包了三工区一块果园。那天，父亲随堂叔去桃子山，面对那棵珍贵的“母亲树”感慨万千，苗木园丁如同久逢知己，拿起枝剪梳理出几扎嫩穗送给父亲。父亲返回自家果园，用水果刀将穗条切成一寸长，一端削成铅笔尖状，放入肥水桶浸泡一阵子。父亲锯掉柑橘树多余杈杆，像理发师清除附属枝条，破开一处处光秃秃的丫枝，插进一根根脐橙穗条(叫做“高接采穗”法)，然后紧紧包裹一层塑料薄膜。父亲建了一个水泥蓄水池以便适时浇灌，沿每棵树边垂直挖成括号形边沟，施下麸皮、草土灰伴水粪合成的农家肥。来年春暖花开时，丫枝接口处吐露毛尖茶般碧叶，它们遗传“母亲树”的基因茁壮成长。

80年代中期，我就读于安西中学园艺班，我的优势学科首当其冲为语文，而且侧重于柑橘专业课程。学校距桃子山仅一公里多，早上晨练或黄昏散步，我与几位同窗经常钻进桃子山，“母亲树”就静静地伫立在那里，观照着一垅垅青翠欲滴的菜地，守望着一片片橙红桔绿的果林。多个周末，我约三五个寄宿生勤工俭学，去桃子山割芦箕、挑肥料，给“母亲树”除杂草、捉虫子。毕业前夕，我们请来摄影师以“母亲树”为背景拍照，各自在它身旁做拥抱动作、亲昵表情。我年少时曾搜集了一些“母亲树”轶闻素材，写出一篇散文习作《秋景》，发表于《赣江文艺》函授专刊，这件事让我兴奋了好久。

90年代，105国道、京九铁路穿境而过，赣南果业掀起了“山上再造”，一呼百应，信丰脐橙馨香四溢享誉中外，各级领导先后视察鼓舞赞赏。也许是我创作过“脐橙”文章的缘故，我没有跟随村里人外出打工，而是进了脐橙场干了一份“脐橙”活。我念念不忘那棵“母亲树”，场里来了一位戴眼镜的农学博士，做脐橙病虫害综合治理课题研究，那天，我骑摩托车搭他来到桃子山，当他看到“母亲树”的周边生长着一种开着蓝色花朵的绿色植物，眼睛一亮，摘起几瓣闻了闻，脱口而出：“真香啊，这可是脐橙益虫依附的藿香蓟。”他告诉我，藿香蓟每年夏末秋初开花，瓢虫、捕食螨这些益虫在里面繁殖，捕食红蜘蛛、锈壁虱、蚧壳虫等害虫。若在橙园梯带种植它，能最大限度地减轻脐橙喷药的危害。

我深受他的启发，携带了一扎藿香蓟给父亲识别，其实我家果园也长藿香蓟，可是勤劳的父亲哪里知道它的价值？早把它铲除得一干二净，别人家的果园亦然。此后，父亲开始利用天然藿香蓟，还在梯带间隙大量种植，橙树基本上施用有机肥。遇有天牛飞来侵蛀橙树时，父亲不轻易往树上喷

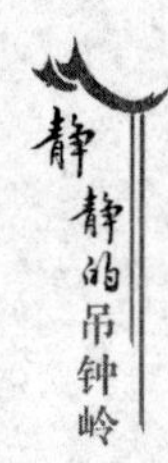

洒农药，用针筒吸上药水注射树洞，搅坯黄泥巴堵住蛀口，这种笨拙且繁琐的办法果真见效，既使树体得到康复不至于枯萎，又规避果子沾到残留药剂带有毒素。父亲打趣说，他管出的脐橙看上去感觉没怎么出众，它们却“低调”得放心可靠。后来，这项“藿香蓟”技术成果曾一度在全县果园推广应用。

改革开放20周年，脐橙场实行改制，职工置换身份，个体承包经营果园，鸦鹊塘片区从桃子山片区剥离，归属于筹划上市的赣南果业，我被临时抽调到信丰筹备小组，协助主管做些上市基础事务，场里以108名“好汉”的名义，分配给在册职工申购原始股。那年，一个外地企业看中了桃子山东北边的陂头塘、葡萄山、半岭高果园，打算投资兴建一家大型生猪养殖场。对于引进这样的企业，势必会污染空气，排放污水，殃及桃子山一带大片果园，还有赤坑、兰塘村民农田及安西河支流上迳河段。场里尊重社情民意，严禁在禁养区饲养畜兽。安西圩寨背地段投标建房，几乎是种果大户出手购置，这条升级版的街道尽管跟唐人街不可比拟，但它有个饮水思源的“桃子山”街雅号，至今都挂在城乡居民的嘴上，足以让人无比敬仰和自豪。

在我离开老家十多年的光阴里，我与外地朋友谈生意、聊乡情，理所当然是着重拿脐橙说事，朋友听得津津有味，我顿感大长脸面。我看到权威媒体发布的消息，赣南脐橙品牌价值668亿，信丰脐橙占据半壁江山，萌生返乡创业干出点名堂的意向。2016年春节我回老家，目睹大片橙树被病情摧毁，内心异常焦虑。尔后，国家脐橙工程技术研究中心、省级赣南脐橙小镇落地了，农夫山泉工厂进驻了，保利地产项目启动了……沉寂的鸦鹊塘如万山绿遍，空前热闹，“橙开二度君须记”这样形象的句子，很自然地在我的脑海里活跃起来。我绕桃子山转了一圈，那些原先荒芜的山头田垄，轰隆响的挖掘机挥舞臂爪整地开挖，宛如当年果业大会战的情形，清澈了我渴望的眸子。一群村民面朝“母亲树”石碑鞠躬，把香火引进新开果园、新建居所，以示“硕果累累，子孙满堂”。我跟父亲促膝商量，在猪牯湾那块山重种脐橙树，“白领”堂侄提出联手合股投资，父亲当即拍板同意。

如今，“母亲树”已老朽归土，但那座石碑还在，它在桃子山等候你随时去解读。

红土地组歌

当地村民存续传统农耕文明样态，重新激活新的密钥，将破旧的老房子翻新成多功能的民宿，把闲置的木棚打扮成时尚的茶坊，用简陋的柴草间装修成亮堂的会客中心……一波波外来者的怡情笑意，透彻了吊钟岭的四季光环。

一、赣州的暖冬

我们全身流淌着的热血，抑或代表吉祥喜气、激情奔放的颜色，都与红色相关。赣南等原中央苏区留下的精神财富和经典印记，非红色莫属，它璀璨耀眼，绵延恒久。

从赣南到北京，原本就是用鲜红色铺就的路程，而赣南对于红色革命历史文学题材是贮藏着丰厚而宝贵的“富矿”，传递着巨大的正能量。2015 年 12 月 11 日，中国作协在 2016 年为纪念建党 95 周年、红军长征胜利 80 周年，在赣南精心部署并开展重走长征路系列文学主题活动。

中国作协主席铁凝来了！她带领中国作协办公厅主任胡殷红、创联部主任彭学明、作家出版社社长葛笑政来了！江西省文联党组书记、常务副主席汪天行，江西省文联主席叶青，江西省作协驻会副主席江子来了！赣南作家、文学工作者和抚州、吉安、宜春等地的作家代表也来了！

之前，我从鲁迅文学院学习结束后回到务工的地方，接到市作协秘书长简心打来的参会通知电话，便提前一天赶到赣州集合。我同卜谷、赖章盛、刁肇华等赣南作家一路同行。

卜谷告诉我，铁凝来赣南之前，曾打电话给他，过问赣南作家们当前的状况，他如数家珍地向铁凝作了汇报。当听到罗旋（原赣州地区文联副主席、作家协会主席，其创作的短篇小说《红线记》获 1980 年全国优秀短篇小说奖）的名字时，铁凝提出要登门探望他。铁凝抵达赣州头天傍晚，脚部受伤未愈的简心，一瘸一拐地去了罗旋家中作了转达。87 岁高龄的罗老颇感意外，连说：“我 30 年前见过铁凝，想不到，真想不到，她至今还记得我。”

12 月 11 日上午 11 时，铁凝一行抵达赣州，第一站便直奔罗旋家中探望。铁凝衣着简朴，和蔼可亲，这让我想起汪曾祺曾经在文章里描写的铁凝：“不高不矮，不胖不瘦，两腿修长，双足秀美，行步动作很矫健、轻快，眉浓而稍直，眼亮而稍略狭长，清清爽爽。”

下车后，铁凝有意识地把双手伸进衣袋里暖一下。走进罗旋家门，她忙伸出双手，紧紧地与罗老相握，铁凝询问了

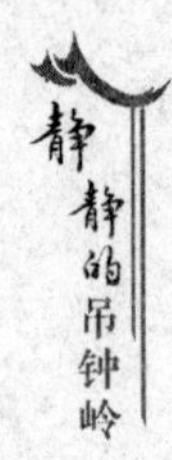

罗老的生活和创作等情况。罗老说："我能活到这一大把岁数，文学就是我延年益寿的秘方。"

铁凝得知罗老还在对以往的文学作品进行整理和出版时，端起热气腾腾的茶杯，向罗老敬茶说："我向您致以深深的敬意，祝愿您健康长寿，文学之树长青，为人民创作更多的优秀作品！"铁凝对在场人员说，30 年前，她还是一个文学编辑，受江西文学杂志《百花洲》邀请，参加了在庐山召开的文学笔会，那时在文学界享有崇高声望的罗旋也参加了，她由此认识了罗旋等江西作家。她说："江西对青年作家的厚爱让我铭记。"

二、"地球上的红飘带"

于都，作为"地球上的红飘带"的起点被载入史册，中央红军长征经过的第一条大河——于都河，已经成为一座永恒的丰碑。

午后的"红军长征第一渡"于都河畔，青山依然碧绿，河水仍旧清澈，雨歇的天气散发出丝丝暖意。中央红军长征出发纪念碑前，拉着书写着"中国作协'纪念建党 95 周年、红军长征胜利 80 周年'系列文学主题活动启动仪式"的横幅，唢呐吹起来了，山歌唱起来了，掌声响起来了，人群欢腾起来了。

82 年前那 4 天 4 夜里发生的历历往事，已经成为多少人难以忘怀的记忆。中央红军当年进行战略转移，为什么要选择从于都河上经过呢？靠近“长征第一渡”的中央红军长征出发纪念馆陈列了大量史料、文物，解说员的讲解揭开了其中之谜。1934 年 7 月，中央制定战略转移的作战计划时，初步确定中央红军“要先转移到湘西去，和二、六军团会师”。首先的突破点选择在江西信丰、安远间敌军设置的第一道封锁线上。这样重大的战略行动，在实施过程中必须选择大部队能迅速换防、集结和休整、补充，并能收得拢、撒得开、突得快的最佳地域。于都地处闽浙赣三省要冲，东连瑞金、长汀，北靠兴国、宁都，南邻安远、信丰，境内多丘陵，人口稠密，物产丰富，正好适合大部队的行动、宿营、隐蔽和补给。

望着于都河，我耳边再次萦绕起陆定一写的一首长征诗：“十月里来秋风凉，中央红军远征忙。星夜渡过于都河，古陂新田打胜仗。”红军长征出发地纪念馆，陈列着当年红军穿过的衣服、草鞋和渡河用过的船只等，还有红军渡河过浮桥时的黑白照片。讲解员介绍，当时于都河上没有桥，沿岸的百姓听说红军要渡河，几乎把家中所有的门板、木料，甚至连老人的寿材都捐献出来。最后，大家共同找来船只架成浮桥。于都百姓还帮助安置留在于都的红军伤病员，并为红军送新兵，参加运输队、担架队，跟随红军长征。周恩来为此曾动情地说：“于都人民真好，苏区人民真亲。”

如今，15 平方公里的于都县城，有关长征的纪念物、建筑处处可见。当年中央红军渡过于都河的渡口，已经建起了“中央红军长征第一渡纪念碑”，渡口周围变成了纪念广场。

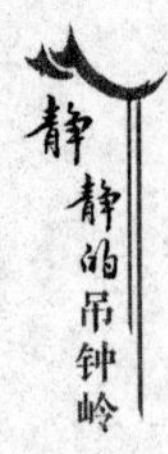

长征第一渡纪念碑高为10.18米，寓意是毛泽东、朱德、周恩来及中央和红军机关于10月18日在东门渡（“长征第一渡”）踏上长征征途。如今，这里花红柳绿，生机盎然，长征已经成为于都人心中永远的丰碑。县城里，长征广场、长征大桥、长征大道、红军大桥、红军大道，无不随时提醒大家记起那段辉煌的历史。许多小店铺，如食品店、超市、照相馆、复印社，也以“长征”冠名。现在，于都人民不仅建起了红军长征出发地纪念馆，而且已经将长征的伟大壮举和长征精神作为区域发展的核动力。

铁凝与基层作家们一起，沿着红军当年的长征路线，重走长征路，接生活地气，连人民情意，挖文学富矿，感受长征精神，讴歌时代巨变，实属江西文坛之福音。

许多红色题材的文学作品传诵一时、脍炙人口。我年少时读过长篇小说《红岩》《保卫延安》《红日》《铁道游击队》等；看过文学影视作品《长征》《红色摇篮》《开国大典》《建国大业》等，这些作品思想性、艺术性俱佳，至今仍印在我的脑海里。我观看赣南采茶歌舞剧《八子参军》，被瑞金沙洲坝下肖村农民杨荣显一家八个儿子争当红军，最后全都壮烈牺牲的故事感动得泪如雨下……我的书房珍藏着《南国烽烟》《红军留下的女人们》等赣南作家的作品，现在还时不时翻开来阅读。

万里长征路，处处赣南魂，红色岁月蕴藏着无尽的风云变幻、人物命运、英雄浩气，蕴藏着历史的智慧和红色文化的宝库，中国作协重视赣南红色文化资源，多次在江西举办重大文学活动。

2005年，中国作协在南昌启动“重访长征路，讴歌新时代——中国作家大型采访活动”。那次活动，部分成员赴上海、铜仁和遵义、南昌、井冈山、瑞金、于都、大余等地采风。

2010年，中国作协在江西等地开展中国作家“走进红色岁月”大型采访活动，组织了80多位作家奔赴延安、遵义、井冈山、瑞金、西柏坡等革命老区进行“走进红色岁月”采风活动。铁凝在座谈会上说：“对红色资源的文化传承是新一代作家的责任，‘走进红色岁月’采风活动是新形势下贯彻毛泽东《在延安文艺座谈会上的讲话》的一次新的实践。”

2015年4月，中国作协组织56个民族作家红色赣州行采风团，深入赣南长征沿途重点地区采访采风，体验长征的艰难险阻，感受长征沿途的巨大变化。

赣南的文学春天更温暖了，文学号角更蓄积力量了。

铁凝伫立在纪念碑前，对作家们说：“于都是中央红军大部队长征的出发地，我们可以在这里最真实、最直接地感受到当年长征的气息、氛围和精神磁场，感受到当年苏区人民母送子、妻送夫、父子兄弟同长征的动人场景，有特别的价值和特殊的意义。”

铁凝回忆了她10年前和一批作家重走长征路，曾亲身体验工农红军“爬雪山、过草地”的艰辛与困苦。她说：“我们一路走来，第一次近距离地了解长征、认识长征、感受长征，切实感受了战斗的‘惨烈’，跋涉的‘悲壮’，真正理解了什么叫奉献与牺牲……”而今，铁凝来到中央苏区根据地、中央红军长征集结出发地、长征精神发源地——于都，恰是一次对长征精神的追本溯源，一次从头开始的学习过程。

铁凝向作家代表授旗，在飘扬的“深入生活，扎根人民——中国作协重走长征路采风团”旗帜下，与作家们留下了“全家福”。

铁凝一行还参观了中央红军长征出发纪念园、纪念馆等，观看了由红军后代组成的长征源合唱团表演的《长征组歌》。每到一处，她都仔细地听讲解员讲解，间或提问解惑，掏出手机拍下历史实物和图文照片。

夜幕降临，于都县城灯火辉煌，如同文学星火照亮天空。

是的，于都有着“二万五千里长征出发地”这一特殊身份，许多必然的特殊性并非孤立存在，它与其恒久的历史底蕴无疑有着千丝万缕的联系。最初，于都因以北有雩山而取名雩都。县政府大院内的两株千年古榕树，相传是唐太宗李世民率军队经过于都驻扎县衙而栽下的，足以印证于都为千年古县。

雩山脚下有座著名的雩山庙，由宋淳熙丙午（1186年）州守周必正所建，以祀雩山之神，“神威震五洲功德流千秋，法令撼四海芳名传万代”。时任赣州知州的文天祥曾写过“风雨十年梦，江湖万里思”，仿佛一语成谶，颇似他以后人生的境况。文天祥任右丞相兼枢密使后，英勇抗击元兵，在于都打了大胜仗，但后来攻打吉赣的宋军为元军重兵所败，被元兵追击到于都北乡的金溪村，文天祥无路可走，潜入庙内躲藏。当时，天空突降倾盆大雨，古庙一时被淹没在云海雨雾之中，元兵既惊奇又恐惧，草草收兵。元兵走远了，云散雨止，文天祥虔诚地题了一副对联："威灵耿耿，风云雷雨齐鸣；法令赫赫，日月星辰同明。"他行至罗田岩，又写下了《集句大书罗田岩石壁》："岂弟君子，民之父母。靖共尔位，正直是与。无贰无虞，上帝临汝。"

罗田岩石崖洞穴，洞洞相连，有座濂溪书院，是理学奠基人周敦颐讲学的遗址。周敦颐任赣州通判时，经常到这里讲学、会友，探讨和传授理学精要，他的心爱之作《爱莲说》全文碑刻于濂溪阁内，还有他的七言绝句《游罗田岩》题刻："闻有山岩即去寻，亦路云外入松阳。虽然未是洞中境，且异人间名利心。"南宋理学家朱熹题刻"居然仙境"，岳飞刻"天子万年"和七绝《罗田岩访黄龙禅迹留题》："手持竹杖访黄龙，旧穴只遣虎子踪。深锁白云无觅处，半山松竹撼西风。"元代书法家王懋德刻"白云深处"。明代中期，王阳明在赣州讲学，应于都弟子何春之邀，来到罗田岩留下了墨迹《观善岩小序》："善，吾性也。曰观善，取传所谓相观而善者也。"阳明后学罗洪先、何廷仁、黄弘纲、何春、管登、袁庆麟，也纷纷在此讲学，传播理学文化。

1957年，"雩都县"经国务院批准改为"于都县"，后来，有人将"雩山"改为"于山"，其实"雩""于"二字并非繁简之别，而是两个字，《辞海》和《字典》对"雩"字的解释是古代求雨的祭祀，对"于"字有多种解释，但都没有含"雩"字之"求雨的祭祀"的意思，曾以求雨祭祀活动之地而著称的历史名山——“雩山”，改为“于山”便失去了其本意。

于都民俗活动丰富多彩，最具代表性的当数“于都唢呐公婆吹”。“公婆吹”一般配以锣、鼓、钹等打击乐器，所以俗称“吹打”，乐器主要以“公”“婆”两支唢呐，“公”唢呐稍短，音色高亢嘹亮，“婆”唢呐略长些，音色低沉浑厚。演奏时，艺人身穿彩服，配以大钹、小钹、大锣、小锣、大鼓、小鼓、梆子等乐器进行演奏。

于都人吹唢呐有很多绝活，一是冬天吹奏时，不仅手不僵，还能冒汗；二是夏天连吹几个小时，可以喉口不干。最令人叫绝的是“单手吹”和“换手吹”，艺人们左脚打锣，右脚踩钹，单手举一支唢呐，4 只手指灵活起落，吹一阵，换到另一只手，竟曲不中断，衔接得天衣无缝。当年红军长征离开于都时，于都唢呐手们吹着《送郎调》，依依不舍地送红军夜渡于都河，踏上万里长征路。如今，每个乡镇都有 1 个或几个自发组织的唢呐班子，谁家娶妻都少不了他们，而且到了旺季天天都有得“吹”，每到一处都会引来不少围观者。唢呐吹奏的欢快、热闹气氛也给人们带去了不少快乐，还涌现出许多“祖孙唢呐”“夫妻唢呐”和“唢呐世家”。有位叫刘班主的艺人甚至可以用鼻子来吹奏唢呐，凭着这一手绝技，于都唢呐走进了中央电视台，走进了春节联欢晚会，走进了北京劳动人民文化宫，并在一次次全国大赛中获奖，走向了海外。

于都有支“传播红色文化，传承红色基因”的长征源合唱团，已成为赣南“红色新名片”。他们来自不同的行业，年龄、岗位各不相同，但有着一个共同的“名字”——红军后代。基于这份独特的长征情结，合唱团的主打曲目有华人经典音乐之称的《长征组歌》:《告别》《突破封锁线》《遵义会议放光辉》《四渡赤水出奇兵》《飞越大渡河》《过雪山草地》《到吴起镇》《祝捷》《报喜》《大会师》10首经典歌曲，汇成了主题鲜明、内容丰富、风格独特的中国经典交响合唱组曲《长征组歌》。演出将合唱、重唱和领唱等表演形式与快板、情景再现、动作表演等方式相结合，旋律优美、意境深远、表演精湛，表现了长征的传奇历史。用激情歌颂了党的伟大，用生动的音乐形象表现了革命前辈的不懈追求，以深刻凝练的词汇，清新动人的优美曲调，浓郁的民族风格和群众喜闻乐见的表演艺术形式，讴歌了中国工农红军在党中央、毛主席的领导和指挥下，历尽艰险、不屈不挠、英勇善战、无私无畏的革命精神，颂扬了中国革命史上具有传奇性的壮丽史诗，气势磅礴，感人肺腑。

于都上刀山、过火焰山、水上漂、滚簕床、下油锅、长襟等活动别具一格。上刀山又叫爬刀梯，用锋利无比的36把长刀绑在18米高的松树圆木上，刀口朝上，摸摸刀刃，锋利无比，表演者赤手赤脚，手抓脚踩，在锋利的刀刃上步步高升，没有一个人受伤或者出现意外事故；过火焰山又叫下火海，表演开始前，祭师开始点燃大火坑里的木炭，表演者脚沾“符水”，脚踩进通红的火炭里，带头跑过火坑；水上漂，即在一个数米水深的大鱼塘水面上，拉一条约50厘米宽的红布，表演者从几十米长红布条的一端徒步至另一端，险象环生却有惊无险；滚簕床是用布或草席，在上面铺满乡间野生的牛头簕和其他带硬刺的植物，形成一张簕床，表演者手端瓷碗，碗里装有水，手舞足蹈一阵后，手指对着碗里的水比划几下，喝起碗里的水，喷洒到簕床上，然后，脱去上衣赤膊上阵，在簕床上连滚几圈，身上连小伤痕都不见一个；下油锅，也称捞油锅，一个大火炉、一口大锅头，火炉里生着炭火，锅里头装着食用油，表演者围绕油锅团团转，往油锅里下豆腐并搅动，豆腐煎熟后，一个表演者赤手伸进油里，拿起一条豆腐放到嘴里吃下去；长襟，又称刀山树下栽根，把未成年男孩或多病痛的男孩，带到刀山树下栽根，长襟的物品一般是米果、水果、鸡蛋、大米、香烛、食用油、灯盏、雄鸡、手镯、平时穿戴的衣服鞋帽、襟盎等，长襟结束后，参加长襟的家庭带着米果、水果、襟盎、长命鸡（雄鸡）回家，祝福小孩平安成长。

这是与眼睛相遇的精彩，也是与时光重逢的笑语。

三、仰望“共和国摇篮”

瑞金，共和国的摇篮、中华苏维埃共和国临时中央政府诞生地。

铁凝一行来到叶坪旧址群、红井旧址群、“二苏大”旧址、叶坪乡黄沙村华屋烈士旧址，听讲解员讲述革命先烈的事迹，了解瑞金革命历史，瞻仰烈士遗物和塑像。

惊涛推出壮观，松柏昂首挺拔。在叶坪革命旧址红军烈士纪念塔前，作家们组成方队，庄严肃穆。武警战士手托花篮走向革命烈士纪念碑前，铁凝向革命烈士纪念碑献上花篮，并仔细整理花篮上的红色缎带，与作家们向革命烈士默哀三分钟，行三鞠躬礼。

“桃花红雨英雄血，碧海丹霞志士心。今日神州看奋起，陵园千古慰忠魂。”

在黄沙村华屋后山，17 棵青松巍然屹立，每棵树上钉有一块小木牌，用红漆写着种植者的姓名，那是 17 位烈士离开家乡时种下的。听着讲解员讲述 17 棵松的凄美故事：“17 位华氏兄弟‘扩红’时期参加红军，相邀到祠堂后山的蛤蟆岭上，每人栽下一棵象征万古长青的松树，他们在长征途中全部壮烈牺牲……每年清明节，烈士亲属都要到这里挂红纸，点红烛，系红绸，涂红漆，为漂泊异界的亲人招魂归乡。”铁凝神色凝重，与作家们面向红军烈士纪念亭默哀致敬！

叶坪乡黄沙村村委会广场上，汇聚了许多村民，铁凝代表中国作协向瑞金两个红军村分别捐赠 3000 册图书，村委会回赠了中国作协一面“传承长征精神，书写时代篇章”的锦旗。

瑞金文学艺术院多功能会议厅内，桌凳围成团团圆圆、方方正正的“口”字形，茶水香，话语真，情感深，“中国作协江西基层文学工作座谈会”在这里举行。

赣南红色文学题材领军人物卜谷谈了赣州的革命历史题材创作如何突破，存在的理论及观念更新问题；江西理工大

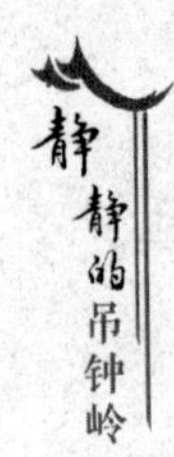

学教授、《我的外公陆定一》的作者赖章盛等“红二代”“红三代”作家们说，他们更愿意贴近大地，贴近普通人，把笔尖回到草叶、泥土。这个时候，觉得自己的灵魂是在场的……

铁凝边听大家发言，边用笔记在本子上。她说：“中国作家协会将认真梳理大家的意见和建议，并形成调研报告，为基层文学工作提供更多的帮助和支持，为基层作家提供更具体、更细致的服务。”她语重心长地说，江西大地是一座文学富矿，作家要能够“占住”自己独有的宝贵资源，咬定青山不放松。在走向城镇化的今天，中国社会不断产生很多新的群体、新的诉求、新的焦虑，作家在占有了生活之后，还要懂得研究生活、深入生活，深入生活是作家创作的铁律。

铁凝说：“从于都到瑞金，一路在说着文学，非常开心，虽然是寒冷的冬天，但感觉异常温暖。”

次日早餐时，彭学明主任找到我，拍了拍我的肩膀，说：“铁主席要见你。”

那一刻，我因太激动，大脑似乎反应格外迟钝，一时回不过神来。彭学明好像看出了我的惊讶，说：“昨天几位作家发言，都提到了你的名字，细心的铁主席都一一记下来了。”

我跟着彭学明走到铁凝面前，她同我握手，关切地对我说：“你从广东过来参加这次活动，大老远地来回一趟，够辛苦的。”

铁凝问我：“你做什么工作呢？”

我抑制不住内心的激动回答：“谢谢铁主席的关怀，我是下岗人员，目前在广东一家饲料企业务工，父母妻儿在老家信丰。”

铁凝说：“你在外面务工，坚持搞文学创作，真不容易。”

在一旁的赣州领导向铁凝介绍了我的一些创作及取得的成果，铁凝一直看着我，眸子里充满肯定、信任，她鼓励我：“你是好样的，好好干！下次联系我。”

离别时刻，总是依依不舍，牵动心弦。铁凝离开瑞金前往南昌等地调研，同赣南作家一一拥抱惜别，卜谷声情并茂地唱起《红军阿哥你慢慢走》：“啊呀勒！红军哥哥你慢慢走勒，走到天边又记心头……红军哥哥你慢慢走勒！慢慢走勒！慢慢走勒……”

铁凝，我们等着您再来客家摇篮、红色赣南。

四、大桥的况味

我沿着当年的红军长征路线，多次去了新田、古陂、大桥等地采访。

大桥祖先从远方伸过手掌，在时空根部长出叶脉。据史料记载，大桥西北部的竹村袁姓屋场，始祖为袁氏二十七世祖枢公的次子袁明，他历任江西南康郡丞，隋大业末年（618年）晦迹韬光回籍无望，便占卜处世境地，选择了信丰公田坊竹村创基立业，因此有了大桥的雏形，先于建县于大唐永淳元年的信丰，成了“先有村，后有县”的印证。

竹村的袁氏宗祠“袁远流长”，是极具客家古民居的代表性建筑。石块和灰浆砌筑起的墙阶，层层叠叠，高低错落，如橘瓣状排列；屋脊雕刻着凤凰、孔雀等瑞兽祥鸟图案，两端翘成牛角形状；前楼龙云吻兽，中楼拱木栅栏，屋面人字形舒展，天井排水，寓意“财不外流”，如府第、宫殿般壮观，一派江南建筑风格。

宗祠厅内竖立柱子，刻写了对联“源溯隋唐昌承百世心系中土恢先绪，德弘章贡宗继千秋名贯五岭起宏图”，右墙上方立牌匾“传汝南风范，添竹村神采”“耕读传家，厚德育人”。正厅祖牌前一处戏台，看得出来这是一台多用，可放祭奠品，还可演戏。据载，宗祠里演戏时，曾有近千人观看，戏台后的墙壁上，留有古人家训、家规、家风的“涂鸦”。这些文字凝聚着村民、匠人的心血与才华。这宗祠见证了大桥昔日的繁华，传承着天地敬畏，祖宗信仰，仁爱民本，诚信正义，积聚了与乡土风物有关的深沉记忆。

南宋著名诗人陆游在《游山西村》中生动地描绘出一幅色彩明丽的农村风光，对淳朴的农村生活习俗流溢着喜悦、挚爱的感情。大桥与之是何等的神似，譬如最早被誉为大桥三景的“屏山春色、湖塘月夜、武岳秋容”，可谓是“竹节凌云竹苞松茂无穷尽”，这跟信丰县城“桃江八景”有着异曲同工之绝妙。像莳田割禾、踩打谷机、风车车谷这些耕作方式；补鞋补祸、打铁磨刀、编篓弹棉、打爆火花、火炙米酒这些手艺行当；采茶戏、马灯戏、大堂花鼓、香火龙这些曲艺表演，天人合一，相映成趣，无不渗透出大桥“村风尚朴，村实家丰”，人与自然和谐相处、文化与生态珠联璧合的风韵。

大桥春媚夏艳，秋旷冬朴。

油菜花是大桥的特色方言。春天来临，大桥清澈的河流如期抵达，馨香的油菜花次第盛开。一座山环就是一个水面，一个水面即有一个村庄，一个村庄就有一座小桥，一座小桥即为一幅景色。禾溪村那片200亩油菜花，集日月精华，汇天地性灵，四射金色光泽，蜂飞蝶舞嗡嗡作响，仿佛吟咏清一色的民谣，所有农田都突出油菜花的主题。

荷花是大桥的娇美容颜。盛夏，青光村的荷塘，与客家骑楼心心相印，荷花如待嫁闺秀，闭花羞月，含情凝睇……荷塘边，每一段弯曲的驿道，每一棵苍翠的古树，每一处清澈的水泉，都有一个关于荷花的传说、一个故事。有传说和故事的荷花怎能不产生爱情呢？诗人杨万里《红白莲》应是极美的佐证。荷花与佛果有缘吗？那是肯定的。释迦牟尼佛和观音菩萨对莲花情有独钟，以莲花为座，寺院里的佛像乃至佛塔多以莲花为宝座，信男善女们仰望莲座，顶礼膜拜。大桥怒放的荷花，无不蕴透着纯洁、平等、乐观、慈悲、恭敬的情怀……

倘若说大桥之春是“黄萼裳裳绿叶稠”，大桥之夏是“碧荷生幽泉”，那么，大桥之秋呢？则是被层林尽染的火龙果映成五彩斑斓的“八月花”。火龙果代表吉祥，是一种美好的祝福，还象征着贵族式的爱情，意味着“我不在乎你富贵与否”。火龙果作为一种热带水果，正常生长要求气温在10℃以上，而火龙果在大桥成功种植并保证品质并非易事。8月，大桥火龙果成熟进入采摘期，一直延续到11月。火龙果连同油菜花、荷花、葡萄、泡菜和高脚菜心等成了大桥特色农业观光采摘园，着实让人找到“除去万千烦恼，暂且把心放下”的感觉。

大桥70%以上村民属于客家人，主要来自五华、梅州、兴宁等地。多少年来，大桥人依靠土地仓廪殷实，商品经济盛极一时。打住久远年代的大桥，扫描一下20世纪七八十年代，就知晓大桥镇因煤而兴的光环，那里有大桥发电厂、赣南大桥煤矿，时有信丰“小香港”之称。

大桥老圩若干年前留存下的房子经历不凡，涵盖着深邃的底蕴，它们泛着紫灰色，长满杂草，爬满藤蔓，坚守老去的光阴，眺望泼墨的远山。而今，在它的周围，后起的盛世图腾遍地升级着……大桥新街焕然一新，美化绿化亮化，人行道彩砖铺设，停车位和斑马线井然有序；新居楼、敬老院、公办幼儿园、文化小广场一应俱全……人行木桥、吊桥、水车、农具展示、巨石灯影，让人体验到大桥人的自由浪漫，自足自在，找到了心灵的归宿。

吃在大桥，指的是食物小吃味道别样。大桥小吃融合中原烹饪和古虔百越人后裔山区饮食文化特色，形成了鲜、辣、酸、香的大桥风味，即使平常的食品，一旦经大桥人的巧手，也能翻出新花样来，折射出客家饮食文化“和”的含义，正如《礼记·乐记》所说：“酒食者，所以合欢也。”

每年阳春三月，大桥人习惯制作艾米果。他们大清早提着篮子，从野外摘回细嫩的艾叶草，洗净捣碎，掺和米浆蒸熟，艾米果包裹酸菜、竹笋和肉末。艾米果表皮光滑，色泽翠绿，清香扑鼻，甘中带苦，质柔性韧，食而不腻。他们热情地邀请远方亲朋做客，端出香喷喷的艾米果来款待。而城里人在这个季节来到大桥，一踏青赏景，二品尝艾米果，悠哉乐哉。

草米冻是大桥的一道名点。大桥人上山采来仙人草，与米浆熬成凝胶，形成碧绿的仙人冻，配上辣椒酱等佐料，几盆草米冻上桌，万绿丛中点点红。大桥草米冻做工繁杂，他们先采来野生仙人草熬汤过滤留下绿汁，同时稻米装进桶子，清水浸泡约一个时辰，推转石磨磨浆，然后倒入锅内烧旺火加热，再加入仙人草汁混合搅拌，一锅白米浆瞬间变成绿米糊。待煮透后拿木勺舀起，放入竹制簸箕内冷却成团，过了个把钟头，持菜刀均匀切开，随时可持筷子夹到碗里。到了冬季，大桥人从田土里挖回番薯，洗净切成细片，装进饭甑蒸熟，垫上薄膜摊开晒干，番薯干黄中透红，质地松软耐嚼，既充饥又享口福。

酿豆腐是大桥一道首当其冲的拿手名菜。客家先民在中原时常用面粉包饺子吃，迁徙到赣、闽、粤后，他们就以大豆作为原料制作成豆腐，继而想到猪肉剁成馅，面粉搓皮能包饺子，就尝试着把肉馅包进豆腐里，顿感味道格外鲜美，于是这道菜便流行开了。如今，大桥人归纳出一套土秘方制作酿豆腐，令客人们品呷出情调，啧啧称赞，产生了一句调侃的俗话："吃酿豆腐，到大桥去。"

还有一种叫烫皮的食品，以大米做原料，配食盐、大蒜、豆豗，泡浸、磨浆、蒸熟。米浆细腻、烧木炭火蒸出的烫皮，薄如纸且鲜嫩透明。每年秋末冬初，每家每户晒干烫皮，然

后剪齐放进粮仓，来日取出砂锅炒或配花生油炸，口感香、酥、脆。

大桥的精神食粮当数本地曲艺。舞香火龙是一项场景宏大、气氛热烈的民俗表演娱乐活动，特定在春节期间举办。据传，“香火龙”最早起源于祀龙止雨水。香火龙扎稻草、竹篾，龙身插香，造型威武，结构精美，长达数十米。大年初二那天最为热闹，夜幕初临，八角村的村民们点燃龙香，龙体火光闪烁，似点点繁星，熠熠生辉，领队的一位小伙子手提火球，十多人紧跟举起棍子，甩臂挥舞，来回穿梭，干劲冲天。经过村民家时，每户人家都点蜡烛，放鞭炮烟花，以示迎接龙的到来，象征年年好运，日子红火。

大桥人还时兴农历正月表演马灯戏（又称竹马戏和跑竹马），初三、十五起灯，二十一日收灯，称作“夜灯”。竹马以竹片做支架，蒙上彩纸或纱布，马首颈带鬃毛，马臀后带条长尾巴，马首、马臀中空，插点燃的红烛，栩栩如生。马灯戏班一般由10匹竹马，5男5女组成，大型的马灯戏班则多达20余人，演员年龄8至15岁。演戏时，演员腰前系马首，腰后系马臀，灯夜期间演出，马灯戏班先到佛殿前拜，再到祠堂下拜，然后进村跳竹马。后来，跳竹马穿插唱小调，演小戏，丰富了积极向上的内容。

农闲时节，大桥人自编自演赣南采茶戏，每出戏一般由生、旦、丑三人表演，又叫三角班，结合当地方言，诙谐风趣，乡土气息浓郁。流传大桥四五百年之久的大堂花鼓，出自古典戏中打花鼓之一折，题材来源于乡村生活，故事性强，节奏明快，曲调活泼，曾经是大受欢迎、辉煌一时的经典戏种，已被列入市级非物质文化遗产。

大桥独特的乡俗和韵味，像田地里的庄稼，积攒一茬茬收成散发出陈香，由近及远，此起彼伏。

五、在老圆里听石背山歌

大桥镇的张二秀老人，住在竹村老圆里。她出生于距竹村五华里的古陂里田东头村，与袁源津结婚。她的母亲叫赵三妹，生于寻乌，做过卫生员，经赣县塘坑口到信丰的水口、白石，嫁给了娘村张星良。赵三妹有五个小孩，最大的是张应妹，最小的叫张继炳。赵三妹从娘村搬到竹村小江下组，1980 年返回娘村。张继炳补充说，母亲先后在寻乌、瑞金、于都工作。她在寻乌留车已有结发丈夫，姓曾，大家叫他文员，他们生过一个女孩。同他一起来大桥的还有三人，她们是大桥镇青光村下排组的张桂英、新田镇金鸡的刘桂娥和刘天英。

在古陂镇石背村，退休教师巫海峰（1966 年从古陂中学考到龙南师范）说，金盆山有座寺庙叫金盆山寺，在墩高村新坳屋背，相传唐玄宗天宝年间，许多和尚慕名云游到此，被这里的人间仙境所吸引，在半山腰修建了寺庙，并以此山命名为“金盆山寺”。据说最兴旺时寺内规模宏大，寺中僧人达 100 多人。寺内一老古铜钟重达千余斤，晨钟敲响，余音十里缭绕不绝。寺后山顶有一大水塘，塘内有一条大金鱼，寺

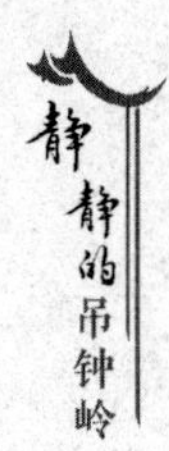

内一和尚贪心，便在塘坝上开凿深槽，想放干水捉金鱼，水槽掘开后，这条金鱼不翼而飞。金盆山寺曾几经破坏和修复，山顶仍留有遗迹。

金盆山还有个特点，古时称“石背油”（高山木梓油）、“圳玄谷”（水稻）、“大屋木”（木材）、“墩高竹”（毛竹）。石背不仅油出名，圩也很繁华，卖布匹、食盐等，一些紧俏商品也有。石背圩罗新民说，他的太公就是从广东兴宁来这里做布生意成家立业的。罗新民的父亲 1940 年出生，开了个商铺。

早先，石背人爱唱山歌，莳田时唱，割禾时唱，最有趣的是摘木梓时唱，都是脱口而出。比如“哥哥莳田莳大行，请到细妹来扯秧；细妹扯秧打眼拐，哥哥莳田莳岔行。”“打只山歌进条坑，雕子冇叫人冇声；雕子冇叫出了斗（窝），细妹冇声出了坑。”“一人唱歌懒得吼，唱歌就要两人和；好比阿哥约阿妹，两人行前话就多。”“高山采茶吼山调，老老少少都在笑；老的笑我音唔全，少的笑我像牛叫。”“一个鸡蛋两个黄，对面那个我妇娘；我的妇娘有古记，衣裳更短裤更长”……

村民一般在寒露前两三天开摘茶叶，有些零星茶山秋分才开摘。“开山”后，茶山主人会派人守山，不让捡木梓的人进山。成片摘木梓时，主人会请亲友或雇用零工采摘。大多是女摘男挑，山歌声、搞笑声响彻木梓山岭。有一对帮别人摘木梓的夫妻，在两个山头上，边摘木梓边对唱山歌。他们越唱越近，到了会面的岭脚下，才发觉对方是自己的爱人。

石背早先有个采茶剧团，有个叫邱友发的圳玄人演丑角，还有腰鼓队，这些队员如今都80多岁了。1957年，石背圩的戏台被拆了。是的，石背人唱的山歌安西人也唱，那对夫妻摘木梓时对唱山歌的幽默笑话安西人也讲，毕竟，金盆山、安西的人们共饮“一江水”。

六、花历流芳

新田镇东南边陲被时光指派而生的花历村，深藏着不可多得的原色风貌。

大凡村名多源于“象形”或存在某种关联，花历亦然。很早以前，花历的一个坑头地形胜似花朵，长满开枝散叶的花蕉树，袁、陈、黄姓等先祖相继迁入开基，遂称这一带为花历。衍生二十多代的花历人家分居十多个屋场，譬如袁姓从坪地山迁入排下，陈姓从祠前迁入云汗石，黄姓从铜锣丘迁入下黄屋、船形上，皆流淌着中原血脉。村子三面环山，色彩缤纷，极具特色的要数五月茶花怒放，八月桂花飘香，红千层四季通红，山里开花格外香。源于金盆山板嶂的溪水，蜿蜒流经花历村九里路程，至夹水口河道出圩上注入新田河，然后经金鸡、大桥汇合于古陂河奔涌桃江。

从信安公路朝安远方向，右转弯进入花历环村公路，沿途的花卉景观带与茂密森林交相辉映。当初，这里是古陂石背圩通往安远、寻乌、广东梅州的驿道，过往行人经云汗岽歇上一肩，去岽脚下的夹水口舀水解渴。传说，古时有一位

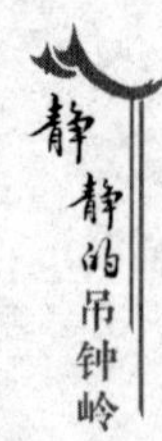

罗汉，从九江沿水路护送五条鲤鱼上花历的龙凤山，鲤鱼游到夹水口河道弄错了水道，其中一条鲤鱼游向墩背河产卵繁殖，另外四条鲤鱼游进淹湘河（也叫盐湘河，在库背村），因河里含有盐成分，这四条鲤鱼中毒后无一存活。罗汉以为鲤鱼暂时失踪，火速禀报了神仙，神仙指令他就地等候。罗汉听闻，惊出了冷汗使劲跺脚，天上飘下白云覆盖山顶，山间大块石头摇摇晃晃，纷纷跟着他冒出“汗”珠，聚成一道道小溪透到夹水口。罗汉搭建起亭子留驻山上，亭子北面正好可俯视淹湘河。罗汉在山上修身养性，日子过得安逸，却仍忧心忡忡，他下到夹水口养鱼，早晚蹲守河边，期盼鲤鱼重现，来日向神仙交差。山下农田肥沃，村民勤耕细作。有年夏天干旱，罗汉见村民“戽水上坎”，心生怜悯大发慈悲，说道，天要下雨，莫再戽水，把水源引向农田应浇灌之急。云汗岽之名由此而来。多少年来，山上树木成荫，冬暖夏凉，四时幽静，唯闻鸟语。20 年前，当地村民在“云汗亭”原址重盖了一间土木房，塑了十八罗汉樟木雕像，摆放在屋内正中央，瓦梁上蝙蝠飞进飞出，亭子四周地面火砖长出青苔。驿道痕迹依稀可见，堆砌的细石块、马条石还在，诸多奇形石、怪状石壁下果然渗出似汗珠的泉水。

以云汗岽的地理为依靠、夹水口的清水为哺育，岽下诞生了一个叫云汗石（又叫云汉石）的村庄。据《信丰县地名志》载，云汗石村后山上石壁常有汗珠似的泉水渗出，因而得名。陈姓从新田祠前迁此已 22 代。而坪地山村人则这样传说，村进口处有一尊方形巨石，与小溪对岸的石壁崖相对应，形成一道“石门”，这条长迳叫“石门迳”（大塘埠镇光甫村也有一个石门迳，其传说与此大同小异）。有位神仙肩担两块巨石前往夹水口建造水陂，路过新田时天刚破晓，鸡鸣四起，神仙怕泄露天机，就把两块石头丢下升天去了，一块石头刚好落在坪地山入口处，成了路口的“社官”，另一块落在花历村内，这个村庄便取名“云汗石”。两种传说都充满神奇色彩，让人津津乐道。

云汗石村前竖了一处砖垒高大牌坊，右拐进去便是两进一天井式的陈氏祠堂，看得出来经历数百年的沧桑，内墙粉刷过泥浆石灰，主厅台上方依旧留下写有“毛主席万岁”“忠”字的隶书标语，这跟邻近别的祠堂确有区别。据本屋场老族谱记载，陈氏鼻祖为瑞彩公，唐敬宗年间（约 818 年）由洪都辗转至新田开基立业，传下十八世至惟四公，因元朝兵乱前谱已失无从再往前考究。惟四公传下崇远公，明朝建文二年（1400 年）复业新田，先娶彭氏，继娶胡氏，正统丙寅年葬于夹水口鸦鹊塘蛇形，彭氏殁后与他合葬一墓。崇远公和胡氏生四子，其中三房陈让以明经仕（一种科考）迁于湖南茶陵，崇远公被尊为新田司前陈氏后裔的始祖。生于 1421 年的胡氏，给后代传导“忠孝礼义”家规的举止被当地人广为传颂，她殁于 1435 年，葬于信马迹背蜈蚣形巳山。胡氏古墓 20 世纪 80 年代被江西省文化局列为不可移动文物遗产。云汗石陈姓支脉分布于对门坑、围下、新坡坝、锦背田，有迁徙于安远五龙堡、会昌格背、南康湖头堡，永新东乡，也有远徙四川、湖南、广东、陕西等处。

如今的花历村与时俱进，紧跟时代步伐，整体规划社区、新村，连同云汗石在内，一幢幢楼房平地而起，老房子原样不拆，加固墙基，铺上琉璃瓦，村民着手修葺祠堂、牌坊，给新农村建设增光添彩。

穿云汗石，过拱桥，有一个叫半圩的村庄，旧志载“半圩由水路可直达赣州府”，这实际与夹水口河道一脉相承。其时，一百多户人家居在半圩，山坑中部开设过多家铺店，除无布匹外其余物品一应俱全，形成一个深山圩市，故名“半圩”。半圩出过文武官员，有一武将力大无比，可以独手举起磨盘大石，被人称为“磨石官”。

半圩河对面的鹧鸪坑俺排山，依后山建了一座寺院，立于两面青山的直角之中，像被青山紧紧抱住，远望房子像一栋普通农舍，寺前一处社官树，左侧圳水往右边流去。寺院主房门壁上题“甘露禅寺”，寺内莲花台竖弥勒佛座，香火缭绕，佛乐悠扬。据传甘露禅寺创立于明朝，一位当朝宰相因看不惯派系争斗和贪婪现象，辞官出家做了和尚，自取名“上不下二”，云游四方。某日，他来到新田花历村，对半圩俺排山的山形地貌一见钟情，化缘筹资建立了禅寺，取名为“青莲禅院”（这块牌匾依然保留在寺院内）。他在青莲禅寺弘扬佛法，普渡众生直至圆寂，其躯葬于禅寺右侧山坡，被后人称为“开山大和尚”。清朝雍正年间，信丰知事文林郎黄之卫重修其墓并立碑其上。后来，青莲禅院改为甘露禅寺，这也有它的理由，因为这一带气候曾经较为干燥（这正好与夹水口的“戽水上坎”相吻合），但夜间降温产生露水挂在树草间，人们期盼白昼都有露水滋润农田山野，并寄托于寺院的佛祖显灵保佑如意，于是将“干”的谐音“甘”与露组合成“甘露”，更名为甘露禅寺。

花历村的龙凤山寺，处于长坑与安远版石上坑交界处的龙凤山。龙凤山又名火凹背，山势雄伟，山清水秀，四时温差小，终年无暑寒。相传，龙凤山上有一块花历村船形上屋场黄姓的祖地，安远一位风水先生手握罗盘一摆放，发现这个祖地位置属于风水“生龙口”，还探测到了墓地里藏着九条未开眼的青竹蛇。按风水学理论，一旦每条青竹蛇睁开眼爬出墓穴，黄姓人家就会出一位大人物。他想了一个办法欲把风水引向安远，使其“风水轮流转”，他回去雕了一堆菩萨摆在墓地前面，迫使黄姓人家迁移墓地。黄姓人每年的清明节上山祭祖，看到墓前的菩萨心知肚明，便将菩萨送出更远的山头，过后，这位先生又捡回菩萨重放原地。双方这样相互“礼尚往来”，但并非长久之计，花历人干脆在龙凤山顶先建一座寺庙，上坑人也在距龙凤山十几公里的水口处建了一座寺庙，于是，上坑人与花历人商量，把两座寺庙的菩萨结“兄弟”，每年择一日举行“巡游”仪式，以示菩萨走“亲戚”。奇怪的是，龙凤山寺的香火就是比水口庙兴旺，外来和尚更多了，他们一边修炼一边耕地，还打了几座石磨研磨谷子。当地人也流传类似信丰香山寺、谷山宝月禅寺和油山“心大出砻糠”的故事，以告诫后人切勿伸手起贪心。

据龙凤山寺石碑文字记载，龙凤山寺始建于清乾隆十一年（1637 年），清朝宣统元年已酉岁（1909 年）寺内佛祖像失去金身。1924年，上坑的刘如明，花历的黄光前发起重修，1949年，守寺人叶谱光离开金堂，过后房屋无人掌管，金堂年久失修倒塌变为荒野。1989年信丰新田与安远版石村民首倡，恢复了龙凤山寺的原貌。

花历村的传说与往昔众人皆知，红色故事同样闪烁光芒口口相传。中央红军长征时，有支红军先头部队打了石背之战后，经过主峰海拔514米的十二排山（由依次排成十二个山头组成），前锋红军沿路插旗作标志引路，后卫红军收起旗子不留痕迹。他们经坪地山、发仔过坳、坳背、松树坳、下段、蛇前、蛇前拱桥、社公下、船形上、上水背，上崇过十二排山。红军抵达十二排中的第九排山石壁下，继续往田边坑、高石寨行进，在这两个地方均与拦截的国民党军队相遇交战。另一路沿上坑过广佬山的红军也与国民党军队打了一仗。花历村的游击队、村民积极配合支援红军，为红军当向导、抬担架、救伤员、运物资。花历村人煮好芋头给红军战士填肚子。苏区军民一家亲，饥肠辘辘的红军剥开芋头，翻转芋皮面包上芋团一口吞下。

花历村支书、退伍军人袁长生的爷爷袁叙广，曾担任过金鸡（新田）区苏维埃政府主席，在古陂遭“铲共团”杀害，时年47岁，大伯袁永森踊跃参加红军，在一次与国民党军队的交战中光荣牺牲，解放后他们被评为革命烈士（《信丰县志》《中国共产党信丰历史》第一卷均有记载），二伯袁永财被国民党军队砍断了右手，被当地村人救下医治，此后他居住乡村务农。当地村民记忆犹新、常挂嘴上的是，船形上黄光文、花历坑袁永辉含泪埋葬了牺牲的红军战士。花历村人保持祭祀英烈的传统，清明时节去到十二排、广佬山献花、鞠躬、敬礼。

血与火的洗礼，滤出花历村的奔头指向，幻化成一种永恒的精神动力。蓝天下的花历村，家家户户拥有自留山、承包责任田，主导产业是毛竹、杉木林等林业，种植水稻、烟叶、脐橙、花卉苗木等生态农业，养殖水产、肉牛等特色渔牧业。村里社区新楼房涵盖了每一户人家，休闲公园与青山绿水共长天一色，一幅奔向新生活的画卷展现在人们眼前。

山村花历，美丽与幸福源远流长。

七、石门坑漫笔

我伫立在信丰县城陈毅广场，目光丈量着与西牛镇石门坑的距离，其实并不太远，行车大概一个多小时即可抵达。遥想 1934 年 10 月中央红军从赣南出发，辗转到陕北革命根据地，那不可思议的二万五千里长征，整整经历了一年时间。时间、距离的长与短，速度的快与慢，跟理想、信念和意志密切相关、不可分割。我们记住了伟大史诗一般的长征，因为它闪放光芒、彪炳史册。

再回首南昌起义，这纯属一种宣告、一种标志、一种立场。此后，朱德、陈毅率领的部队进入赣南，史称著名的“赣南四整”，整出了团结、素质、纪律和战斗力，其中的“信丰整纪”，对于稳定军心、走向胜利意义深远。

“信丰整纪”旧址，处于源和（古称人和）石门坑的一个山坳里。这个山坳的名称（黄蜂塘）当地人几乎不怎么提及，自然“无名”也就指代了它的“有名”，这倒无关紧要，紧要的是“整纪”这一大事被后人们永远铭记。朱德、陈毅整顿部队纪律的举措、过程，相关史料上已有所记载，无需我过多重复。而有一点我有必要去讲述，那就是为何选择这方水土进行整纪？处于太平围与丫叉桥之间的源和，是从谷山延伸过来的“三省通衢”要塞，通往牛颈、虔州等地。原先这里是个圩场，人来人往，村里人生意火爆，却引起外村地痞眼红，时不时过来打砸抢，发生了多起凶杀案，村人只得弃商搬迁，此后这里变成了一片废墟。当然，这是“整纪”之前的事。

源和村委会旁边，有一垛残墙，曾经是一座庙，毛泽东、朱德率红四军攻入信丰县城，信丰县革命委员会曾在这里办过公。某旧民宅楼阁上遗留的标语，还有宣传壁画，足以印证“整纪”之后治安好转，民心所向红军。这些，当地群众耳熟能详。

2016 年 6 月初，我和几个文友来到了源和一带。通往无名山坳的羊肠小道，布满了牛足印迹，农田里的烟叶、禾苗茂盛泛绿。山坳树木稀立，野草匝地，中间夹杂枯干的树墩。清风一阵阵吹过，阳光一缕缕照射，听火车从侧边上奔跑的声音，观两口水色清澈的水塘，恰似一轮明镜透视昔今。

山坳塘里的一溜莲花在开，仿佛带着劝诫，抨击贪婪、弘扬清廉，这让我想到一些与“清廉”相关的诗词。譬如，唐代曹邺用官仓鼠比喻贪官污吏，对其辛辣地讽刺，对封建社会无情谴责的《官仓鼠》。北宋包拯道出立身准则、坚贞操守的《书端州郡斋壁》：“清心为治本，直道是身谋。秀干终成栋，精钢不作钩。”明代于谦借石灰象征清白的《石灰吟》：“千锤万凿出深山，烈火焚烧若等闲。碎骨粉身浑不怕，要留清白在人间。”清代郑燮赞美岩竹坚强、隐喻刚劲风骨的《竹石》：“咬定青山不放松，立根原在破岩中。”无不道出了“成由勤俭败由奢”的深刻哲理。

从这些字字珠玑的诗文中，可见这些为官者远大的政治抱负和凌云壮志，这让我联系起信丰的明代官员甘士价的从政经历和理想。甘士价任两浙（今浙江省）巡抚，生活俭朴、清正廉洁、以身作则，选用贤能，淘汰冗员，禁止宴会娱乐、嫖赌溺女。他重视农业生产，兴修水利，创立书院，讲学授课。同时他关爱家乡，在明万历年间重修嘉定桥，并置田租500石用于护桥。甘士价“近则福家乡，远则福邦国”的品德和功绩千古流芳。

从石门坑山坳过去是丫叉桥村，太阳点染了云朵，也点染了高山流水。河水从遥远而来，又浩浩而去，入赣江奔大海，去完成波澜壮阔的使命。尽管我望不见历史苍远的尽头，却能感受到当下的敦厚威严以及卓然气质。

我听闻了老百姓道出的掏心话。有个叫河仔头的屋场，多年来水井干枯，就算是雨季，水井都没有一滴水，村民到相隔2里的新建村挑饮用水，庄稼用水要用抽水机从河里抽取。精准扶贫工作组进村了，摸清帮扶对象的家庭情况，收

集村民们反映的意见，协调解决较突出的问题。工作组从“唯有源头活水来”着手，请来地质专家周密考察，在河仔头小河旁开挖一口深井，用水管引到各家各户。干部们没喝老百姓们一口水、吃一餐饭……在信丰，党员干部“敢于担当，主动作为”的事例不胜枚举。

我的思绪转向了族风家规、人际交往圈，一个人的思想情操、道德风尚，是会受周围环境、言行而潜移默化。我有一位至亲爷爷，他参军复员后，分配在外省某军工单位，为了表达对故乡的养育之恩，寄予对故乡的思念，他给子女们取的乳名全都带着老家名称中的一个字。其中一位从政的堂叔，谦和正直，他回到老家走亲访友，见到年纪小的族人也按辈份尊称，老家人以他为榜样，从他身上得到了许多正风、正气、正义的启示。我请一位德艺双馨的乡友给我作序，当时，他豪爽地答应：“我先搁下手头上的长篇，半个月内写好。”着实让我感动。那次，他回到县城，我无论如何要请他吃餐饭，他说“没这个必要!”我难免感觉到有点失望。有个下午，他主动约我到一个饺子店，我们点了两笼萝卜饺和两碗水酒，吃得有滋有味。结账时，他却说 AA 制。事实上，我们交往了几十年，算得上是“君子之交淡如水”的友谊。

一位朋友跟我讲过这样一件事，有位职务不大不小的公职人员，利用手中的权力贪小便宜，他有句口头禅“吃饭就轮不到你请了，香烟你还是要送两条”，成了人们茶余饭后的笑料。另一位某单位法人代表，喜欢与陌生人交往，熟识的几乎一概不理搭，暗藏不可告人的玄机。原来，他受贿的原则专门针对有求于他的不相识的人，不收熟识人的钱财也不帮忙。于是，他走上了犯罪之路。前几年，有群众揭发，有的干部聊的是喝茶喝酒，喜欢K歌参与赌博，严重损害党和政府的形象，在社会上造成了不良影响。县里“禁赌”，查处了部分参赌干部，整顿了干部队伍，净化了社会风气。

我曾听过李春雷老师授的一堂课，他讲了创作纪实文学《朋友——习近平与贾大山交往纪事》的全过程，让我们看到了习总书记“朋友，两心如月，冰清玉洁，肝胆相照，辉映你我”的平实与伟大。习近平于1998年发表的一篇悼念文章《忆大山》，记述了一段尘封的往事，情真意切，感人肺腑。文章经《光明日报》及多家报刊转载后，引起国人的强烈关注……习近平在《忆大山》一文中记录了当时的情景：“虽然第一次见面，但我们却像多年不见的朋友，有说不完的话题，表不尽的情谊。临别时我劝他留步，他像没听见似的。就这样边走边说，竟一直把我送到机关门口……”

我读完“两心如月，冰清玉洁”的《朋友》，想起了2015年底信丰文艺骨干到宁都等地采风的一些事。比如，宁都小布圩镇建设，突破现行政策的制约；修建外环路，赢得了上级的支持，争取到了土地指标，畅通了“发展之路”……“宁都思想”“小布样板”等经验和模式，在我的脑海里打下了烙印。我还收获一本《诗画翠微》，这本精美的集“诗、赋、摄影”于一体的集子，作者偏偏用反向思维——用零度抒情法直笔记录，荷锄挖掘，浓墨写景，光芒万丈……我想起了1996年创办的《信丰报》，像一张大气的地域文化名片，与时代同呼吸共命运……2015年，信丰县弘扬“敢突破、善坚守、整纲纪、求胜利”的革命精神，拉开了主攻工业、精准扶贫、新型城镇化、现代农业、现代服务业、基础设施建设六大攻坚战序幕。此情此景真是令人感慨。80年前，陈毅元帅在信丰油山领导艰苦卓绝的赣粤边三年游击战争，作了一首《赣南游击词》荡气回肠。抚今追昔，一首《主攻工业进行曲》，激发千年古邑再创辉煌的核心动力……

一种温暖的力量，正在橙乡大地涌动。

八、等待解读

对于村庄的诉说，近年来大多与凋敝、衰退相关，但吊钟岭一带并非那样，它像一块刚被发现的玉镜，正被人们惊喜地解读。

一条飞龙似的盘山水泥公路，环绕上迳水库一侧通往吊钟岭，围合成形如弯月的半开敞空间。若从水库溢洪道乘船进吊钟岭，船夫会热情上前扶客上船坐稳，每人发一件救生衣，而他却用不着，因为每个船夫从小就学会了游泳、划船，他们熟悉水流变化及河道深浅，无论是碧波还是涨潮，只要观其水纹就知航行，从而平安驾船过河进山。

安西是赣南脐橙的发源地，如今已列入省级赣南脐橙特色小镇，吊钟岭一带已被划为小镇建设的延伸区，如此，先前茂密的枫树林戴上了“果树帽”，种上了桃、李、枣、柚、柑桔、脐橙树，片连片、园连园。春来花开漫山，秋至果结遍岭，被称为“百果示范园”。

当地村民存续传统农耕文明样态，重新激活新的密钥，将破旧的老房子翻新成多功能的民宿，把闲置的木棚打扮成时尚的茶坊，用简陋的柴草间装修成亮堂的会客中心……一波波外来者的怡情笑意，透彻了吊钟岭的四季光环。

吊钟岭的枫树年复一年地等待着，仿佛成了另一种静静的守望。

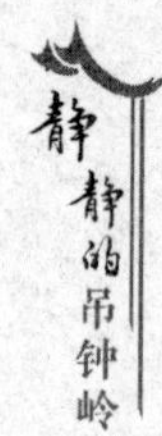

本文采访主要人物、提供资料者及参考文献

采访人物

作者的父亲刘万松、堂伯刘汉连

信丰县安西镇上迳村村干部黄富茂、方东辉、刘宗富、江道东

信丰县安西镇原太平村党支部书记曾意福、孙泽山

信丰县安西镇上迳村江从圣、曾瑞春、曾本福

信丰县安西镇岗背村村干部刘春生

信丰县安西镇粮管所退休干部刘东汉

信丰县农工部原部长胡泽茂

信丰县水利局原局长殷文倞

信丰县古陂镇大屋村刘苑顺

信丰县古陂镇石背村巫海峰、罗新民

信丰县大桥镇竹村村干部袁长泉、张居贤

信丰县大桥村竹村张二秀、张继炳

信丰县新田镇花历村村干部袁长生

信丰县新田镇花历村黄邦发、袁叙富、陈火生

信丰县万隆乡文化站站长李汉晟

信丰籍著名作家郭晨

信丰籍知名文化人士李聪辉

赣州市作协副主席卜利民

会昌县作协主席邹泽升

会昌县晓龙乡田尾村刘义洪、刘健安

会昌县晓龙乡老屋下、晓村、田尾村部分村干部

会昌县高排乡团龙村村部分干部

会昌县文武坝镇古坊村部分村民

提供资料

信丰县政协

信丰县地志办

信丰县安西镇党委、政府

于都县文联、作协、文广新局、博物馆

瑞金市文联

参考文献

信丰县委党史办著：《中国共产党信丰历史》（第一卷），中共党史出版社，2015

信丰县志编纂委员会编：《信丰县志》，江西人民出版社，1990

信丰县志名办编：《信丰县地名志》，江西省地名志丛书第86集，1986

信丰县政协编：《信丰往事》，百花洲文艺出版社，2015

信丰县文化馆编著：《信丰民间传说》，中国文史出版社，2015

于都县志编纂委员会编：《于都县志》，新华出版社，1991

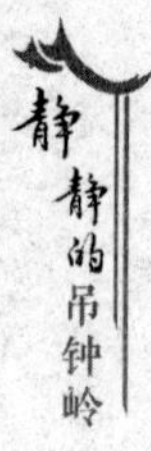

瑞金县志编纂委员会编：《瑞金县志》，中央文献出版社，1993

会昌县志编纂委员会编：《会昌县志》，新华出版社，1993

钟东林主编：《会昌乡土文丛》，五洲传播出版社，2016

曾思玉著：《我的前一百年》，大连出版社，2011